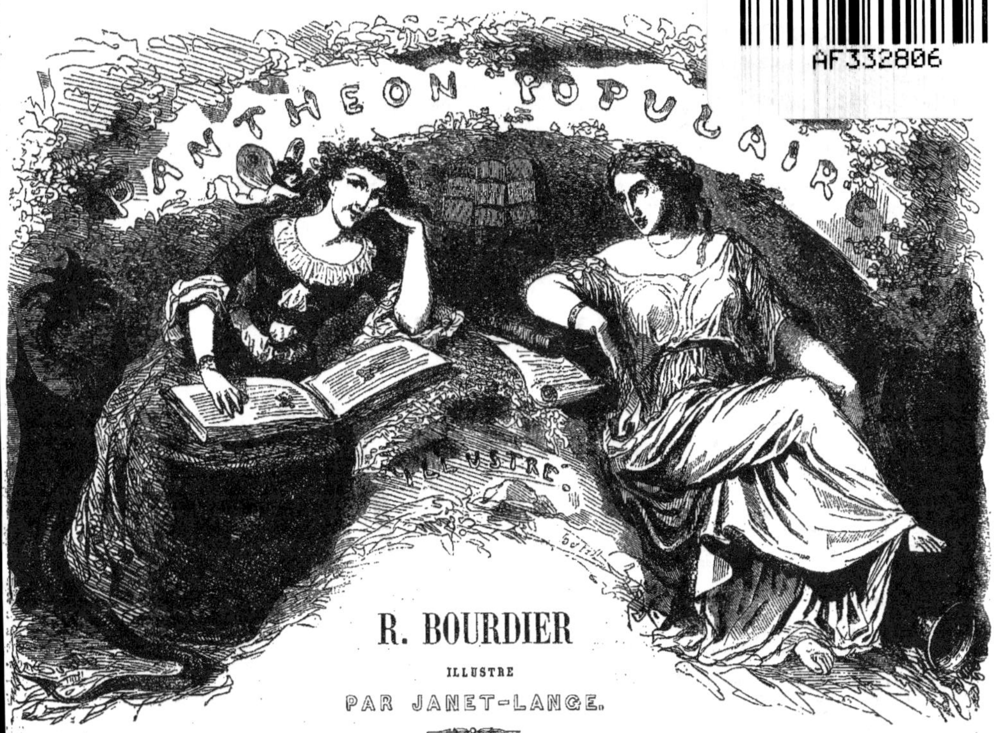

R. BOURDIER

ILLUSTRE

PAR JANET-LANGE.

HISTOIRE DE LA CRIMÉE

QUATRIÈME SÉRIE

DE LA GUERRE D'ORIENT

AVEC UNE CARTE DE LA CRIMÉE

PAR

A. H. DUFOUR.

PRÉFACE.

Les grandes préfaces sont peu de notre goût, d'ailleurs un ouvrage sur la Crimée n'a pas besoin, dans les circonstances présentes, qu'un long préambule vienne établir et justifier son opportunité. Deux raisons pour être bref. Aussi ne placerons-nous en tête de cet opuscule que quelques explications très-courtes.

Tous les regards se tournent aujourd'hui avec anxiété vers l'ancienne Chersonèse; mais, malgré l'intérêt qui s'attache tout naturellement au coin de terre sur lequel s'agitent et se décident par les armes les destinées de deux mondes, le monde de la barbarie et celui de la civilisation, peu de gens connaissent encore, d'une manière exacte du moins, le passé de la péninsule taurique, les phases diverses de son histoire, les mœurs particulières de ses habitants : et beaucoup, tout en suivant d'un œil avide et d'un cœur inquiet les émouvantes péripéties de la guerre d'Orient, ignorent peut-être jusqu'à la situation géographique du pays qui sert de théâtre principal à cette lutte sanglante.

La cause de cette ignorance doit-être imputée surtout à la pénurie des documents sur une contrée dont on s'était fort peu préoccupé jusqu'à nos jours, par la raison qu'elle n'avait jamais eu pour notre Europe occidentale qu'une importance tout à fait secondaire. Epars çà et là dans les historiens, dans les géographes et dans les rares voyageurs qui ont visité cette partie du globe, les documents sur la Crimée ne se trouvaient en effet rassemblés nulle part en un résumé dont la lucidité et la précision pussent permettre à chacun d'y puiser à coup sûr et sans fatigue. Un travail restait donc à faire, il fallait compulser les historiens, lire les voyageurs, interroger les géographes et former des renseignements empruntés à tant de sources diverses un ensemble assez complet pour donner au lecteur une idée exacte des hommes et des choses et assez succinct néanmoins pour ne pas lui faire dépenser à l'examen d'une sorte de panorama rétrospectif un temps impérieusement réclamé par l'intérêt plus puissant des événements qui s'accomplissent chaque jour.

1

C'est ce travail que nous avons entrepris, en nous proposant pour but d'offrir au public, dans nos rapides esquisses, un tableau véridique de la Crimée sous le triple rapport de sa constitution physique, de son histoire, de ses habitants et de leurs mœurs. Nous avons pris ce pays depuis les temps les plus reculés, et nous avons conduit les événements jusqu'au moment où les bataillons anglais et français viennent se heurter contre les hordes du Nord.

De la sorte, comme on le voit, la politique est demeurée étrangère à notre plan, et notre ambition s'est bornée à décrire sous ses différents aspects le théâtre de la guerre actuelle. Quant aux événements qui se sont passés depuis six mois sur la terre de Crimée, une autre plume s'est chargée de les raconter; et le désir le plus vif de l'auteur de l'*Histoire de Crimée* est de voir son œuvre acceptée par le public comme une sorte d'introduction au tableau dramatique de ces mêmes événements traités par une main habile et publiés par notre éditeur sous le titre de SÉBASTOPOL.

R. B.

Paris, le 28 octobre 1854.

LA CRIMÉE.

CHAPITRE PREMIER.

LE PAYS.

Situation géographique de la Crimée; son étendue, son climat. — Description de la vallée de Baïdar. — Distribution des saisons. — Montagnes. — Rivières. — Steppes. — Géologie. — Lacs salés. — Sivach ou mer Putride. — Récolte et commerce du sel. — Fièvres intermittentes. — Volcans vaseux. — L'île de vase. — Écroulement d'une montagne. — Productions de la Crimée. — Forêts. — Vergers. — Plantes potagères. — Herbes fourragères. — Vins. — Règne animal. — Quadrupèdes. — Oiseaux. — Insectes. — Sauterelles.

Tout à l'extrémité méridionale du vaste empire de Russie, colosse plus effrayant que redoutable qui touche du front les glaces du pôle et va tremper ses pieds dans les eaux de la Propontide et du Pont-Euxin, se trouve un pays plein de soleil, de végétation et de poésie, et si riche en même temps en grands souvenirs, que son nom seul suffit pour évoquer à l'esprit les héros de la Fable et ceux de l'histoire, Jason et les nautoniers d'Argos, Mithridate et le peuple-roi son terrible adversaire, les empereurs de Rome et ceux de Byzance, Attila et Genghis-Khan, les sultans de Stamboul et les despotes de Moscou.

Ce pays c'est la Crimée, dont les annales se perdent dans la profondeur des temps, déjà connue sous le nom de Chersonèse Taurique, quatorze cents ans avant Jésus-Christ, avant Homère, avant le siège de Troie; terre malheureuse autant qu'illustre sur laquelle il semble que de tout temps se soient donné rendez-vous les conquérants qui ont tour à tour dévasté le monde; sol sans cesse bouleversé par l'invasion, qui a subi plus de soixante dominations, et qui aujourd'hui encore, loin d'avoir épuisé le cercle ardent de ses tristes vicissitudes, se trouve être de nouveau le théâtre à la fois et le prix d'une lutte sanglante, et ignore toujours si son destin est de rester enchaîné au joug d'un usurpateur odieux ou de revenir au contraire, par un juste retour, sous l'empire plus doux des anciens protecteurs auxquels l'attachent invinciblement les liens sacrés d'une origine et d'une religion communes.

Un seul regard jeté sur la carte suffit pour faire apprécier la position de la Crimée et expliquer l'importance qu'ont de tout temps attachée à sa possession les gouvernements qui dans leur folle ambition ont osé rêver l'empire du monde. Rien d'admirable en effet comme la situation de cette presqu'île sous le double rapport stratégique et commercial; car, outre qu'elle domine à la fois deux mers, elle ne se rattache au continent que par un isthme étroit, sorte de pont-levis qu'il est aussi facile d'ouvrir au commerce que de fermer à l'invasion.

Pérécop est le nom moderne de cette langue de terre. Les anciens l'appelaient *Taphros*. Ces deux noms, dont le premier est russe et le second grec, signifient également *fossé* et indiquent suffisamment le système d'isolement et de défense qui dut être pratiqué de temps immémorial sur le seul point continental par lequel la péninsule pût être attaquée.

La forme affectée par la Crimée est celle d'un quadrilatère qui semble moins faire partie de l'Europe que se suspendre à cette partie du monde par sa pointe septentrionale; chacun de ses angles correspond à l'un des quatre points cardinaux. Cette figure, qui compte une superficie d'environ cent quatre-vingt-dix-huit myriamètres carrés et ne possède pas moins de cent trois myriamètres de côtes, est située entre 51° 9' et 53° 44' de longitude orientale et entre 44° 44' et 45° 65' de latitude septentrionale.

Cette latitude, comme on le voit, correspond à celle des pays compris en France entre deux lignes imaginaires dont la première irait de Bordeaux à Gap et la seconde de la Rochelle à Genève.

L'angle oriental présente un développement qui détruit la régularité du quadrilatère et forme lui-même une seconde péninsule séparée jadis de la Crimée par un large fossé que défendaient un mur et des tourelles. C'est la presqu'île Trachée, aujourd'hui Kertch, où fut le royaume de Bosphore, que Mithridate Eupator a illustré de son grand nom. Panticapée en était la capitale.

Toute la partie que forme l'angle nord depuis l'isthme déjà nommé jusqu'au détroit de Iénikalé est déchirée par l'envahissement du Palus Méotide, ainsi infect d'eau stagnante qui ne communique à la mer que par le détroit de Ghenitch et forme un foyer de pestilence connu du temps de Strabon sous le nom de mer Putride, et désigné aujourd'hui sous celui de Sivach par les populations qui fréquentent ces rivages désolés.

La pointe occidentale est une vaste steppe sans montagnes comme sans forêts; elle n'offre guère d'intéressant que les ruines de l'ancienne Eupatoria, aujourd'hui Koslof. C'est de ce côté surtout que s'étendent à perte de vue d'immenses pâturages entrecoupés çà et là de marais salants et de petits ruisseaux souvent à sec pendant les plus fortes chaleurs de l'été. Les salines, les troupeaux de moutons à large queue et le froment arnaute sont les richesses de cette plaine, où l'air, empreint d'exhalaisons impures, menace de fièvres dangereuses les nouveaux colons qui séduits par la richesse du sol tenteraient de s'y établir.

Un spectacle bien différent attend le voyageur qui après avoir tourné Sébastopol se dirige d'Occident en Orient le long de la côte méridionale de la Crimée, et les merveilles qui se déroulent à ses yeux peuvent facilement le porter à croire qu'il a été tout à coup transporté comme par enchantement dans quelque séjour privilégié auquel Dieu a réservé, pour en faire un véritable Eden, les rayons les plus purs de son soleil et les couleurs les plus délicates de sa brillante palette. Défendue contre les vents du nord par les verdoyantes montagnes aux flancs desquelles elle est suspendue, cette partie de la Crimée offre une suite non interrompue de belles vallées demi-circulaires disposées en amphithéâtre et bordées par les flots de la mer Noire, qui leur servent à la fois de défense et de parure. Grâce à cette heureuse disposition de terrain, la température de ces contrées est si douce et si uniforme, qu'on ne saurait mieux la comparer qu'aux climats de l'Asie Mineure et de l'Italie. L'hiver s'y fait à peine sentir; les primevères et les safrans printaniers y paraissent dès le mois de février, quelquefois même on en voit en janvier, et la plupart des chênes traversent l'hiver sans dépouiller leur robe de verdure.

« Ces vallées, dit un savant voyageur allemand qui les a explorées en poëte et en naturaliste, sont pour la botanique la partie la plus estimable de la Tauride et peut-être de tout l'empire russe. Là le laurier toujours verdoyant s'associe à l'olivier, au figuier, au micocoulier, au grenadier, au celtis, restes peut-être de la culture grecque. Le frêne mannifère, le térébenthinier, le sumac, le baguenaudier, le ciste à feuilles de sauge, l'émérus et le fraisier arbousier de l'Asie Mineure croissent partout en plein vent; le dernier surtout occupe les roches maritimes les plus escarpées et fait pendant l'hiver leur plus bel ornement par son feuillage toujours vert et l'écorce rouge de ses gros troncs. Dans les vallons, le noyer et tous les arbres fruitiers sont les plus communs de la forêt, ou plutôt la forêt n'est qu'un jardin fruitier abandonné à lui-même. On y voit les câpriers spontanément disséminés sur les bords de la mer; les vignes domestiques et sauvages s'élèvent à l'envi sur les plus hauts arbres, retombent, se relèvent encore et forment avec la viorne fleurie des guirlandes et des berceaux sans aucun emploi de l'art. Le contraste des belles horreurs que présentent ici tant de montagnes élevées et tant de rochers immenses tombés en ruine avec les jardins et la nature la plus riche; les fontaines et les cascades naturelles qui ruissellent de tous côtés; enfin le voisinage de la mer qui offre un lointain sans bornes, rendent ces vallées les plus pittoresques et les plus charmantes que le génie poétique puisse imaginer ou peindre, et les fruits les plus parfaits y viennent sans peine ou y existent déjà en partie. On peut y cultiver les oliviers et les figuiers de bonne race; les orangers, les tronniers et surtout le cédrat, plus hardi, y supportent l'hiver avec très-peu d'abris et de soins. Les vins y deviennent de jour en jour plus parfaits. La science pharmaceutique et l'industrie pourraient facilement y trouver un grand nombre de simples et de plantes tinctoriales qu'on tire des îles de l'archipel de la Grèce, de l'Asie Mineure et de la Perse. On pourrait y introduire avec succès plusieurs bois durs et utiles de l'étranger, surtout les bois de couleur qu'on emploie en marqueterie, les cyprès, les chênes qui donnent la noix de galle et les glands recherchés par les fabriques de maroquin, le liége, le chêne qui produit le kermès. »

Qu'ajouter à ce brillant tableau, sinon que les hommes n'ont point encore su utiliser les richesses prodiguées par un climat généreux, et que sous le despotisme énervant de la Russie ce sol privilégié, loin de s'ouvrir pour livrer les trésors promis à l'industrie intelligente et laborieuse, n'a fait encore que se charger d'inutiles et splendides villas, où les grands seigneurs de Saint-Pétersbourg viennent de temps à autre chercher un peu de liberté et de soleil, trésors qui leur sont si parcimonieusement mesurés par un ciel rigoureux et par un despote implacable !

Parmi les sites remarquables de la Crimée qui ont excité l'intérêt des voyageurs, aucun n'est plus célèbre que la fameuse vallée de Baidar. Cependant, malgré les noms pompeux d'Arcadie taurique et de Tempé criméenne qu'on s'est plu à lui donner, cette vallée n'en a pas moins le tort d'être entièrement privée d'eau, particularité qui lui enlève un des traits les plus propres à caractériser une scène pittoresque. Cette vallée, qui ne comprend pas moins de dix milles en longueur sur six milles en largeur, est entourée de tous côtés par de hautes montagnes. La culture y est si parfaite que l'œil s'égare sans cesse sur des prairies; des bois et de riches champs de blé enclos et coupés par des haies vives et des plantations de jardins. Les villages y offrent l'aspect de la propreté, et les habitants y ont tous une expression particulière de santé.

Dans la partie sud de la Crimée les demeures tartares sont protégées contre les vents par les montagnes aux flancs desquelles elles sont adossées; de limpides ruisseaux, descendus de ces mêmes montagnes, vont répandre partout dans les champs la fraîcheur et l'abondance, aussi la végétation s'y montre-t-elle avec un luxe tout particulier. La terre y est couverte de chênes, de poiriers, de pommiers et de cerisiers, et le feuillage entrelacé de tous ces arbres offre au voyageur un ombrage protecteur contre les rayons du soleil, qui dardent avec une force extraordinaire dans les vallées. La douceur du climat semble influer sur le caractère des habitants, qui se montrent toujours aussi bienveillants qu'hospitaliers envers les étrangers qui les visitent. Dès qu'un étranger arrive, on le conduit dans l'appartement destiné pour les hommes, on lui présente de l'eau dans un bassin et une serviette blanche pour laver ses mains, puis ses hôtes placent devant lui toutes les provisions de leur demeure : du lait caillé, de la crème, du miel en rayons, des œufs, des oiseaux rôtis et des fruits; à la fin de chaque repas, on apporte l'eau et le bassin, comme au commencement, et jamais en aucune circonstance ces hommes qu'on traite encore de barbares ne consentent à rien accepter en échange d'une si cordiale hospitalité.

Ce serait une grave erreur cependant que de juger du climat de toute la presqu'île par celle des lieux privilégiés dont nous venons de donner la description. La température de la Crimée, loin d'être uniforme, est au contraire fort inégale dans toutes les saisons en général, et surtout en hiver, et varie beaucoup également suivant la position des lieux, soit dans les plaines, soit dans les montagnes et les vallons de la partie montueuse. On a vu dans ce singulier pays certains hivers passer en respectant les fleurs printanières, qui se montraient dans tout leur éclat dès les derniers jours du mois de janvier; tandis que d'autres hivers plus rigoureux se sont prolongés depuis la fin d'octobre jusqu'au mois d'avril avec des gelées plus ou moins fortes accompagnées de violentes tempêtes du nord; à tel point que les mêmes lieux qui n'avaient point connu la glace l'année précédente, ont vu tout d'un coup le thermomètre descendre jusqu'à dix-huit degrés au-dessous de zéro et y demeurer plusieurs jours.

Quelques vieux habitants se souviennent encore d'avoir vu dans l'hiver de 1787 geler non seulement la mer d'Azof et le Sivach, mais aussi une partie de la baie de Caffa et de la mer Noire, à ce point que la glace portait les hommes et les chevaux. Cependant, hâtons-nous de le dire, les longs hivers sont aussi peu communs dans cette contrée que le séjour prolongé de la neige, et la grande variabilité des vents ne permet guère aux froids de sévir plusieurs jours de suite, le vent du nord, qui seul amène la gelée, ne tardant point à être remplacé soit par ceux de l'ouest et du sud-ouest, qu'accompagne toujours la pluie, soit par ceux de l'est et du sud, qui amènent un temps pur et serein.

Les étés de Crimée sont, comme les hivers, sujets à de grandes variations. Ils sont parfois si secs qu'on voit tarir les sources et dessécher les ruisseaux, et que le thermomètre de Réaumur marque à l'ombre vingt-neuf, trente et même trente et un degré. Quoique la température diffère quelquefois dans le même jour de dix et de douze degrés, il y a cependant assez d'air pour que la chaleur ne soit pas insupportable. Vers dix heures du matin, il s'élève invariablement

une petite brise de mer qui se fait sentir sur les bords des rivières et dans les vallons ouverts du côté du rivage. Elle dure jusqu'après le coucher du soleil, où elle est remplacée par un vent frais qui descend des montagnes et souffle toute la nuit. Les étés sont rarement froids ou pluvieux en Crimée, à moins que l'hiver n'ait été rigoureux, et que le séjour des neiges sur les montagnes et le charriage des glaces de la mer d'Azof ne refroidissent l'air jusqu'à la fin du mois de mai et contribuent ainsi à entretenir le froid.

La saison la plus agréable et en même temps la plus favorable à la santé en Tauride est le printemps, qui règne depuis le commencement du mois de mars jusqu'à la fin du mois de mai. Rien n'égale le coup d'œil enchanteur que présente à cette époque la riche côte méridionale ornée de ses jardins où la verdure contraste avec les nombreuses touffes de roses rouges et blanches et la couleur éclatante des fruits de toute espèce. De grands bois garnissent le bord des rivières et couronnent de leurs verts feuillages les montagnes émaillées d'une innombrable quantité de fleurs où se produisent et se confondent toutes les couleurs de l'arc-en-ciel. A cette heureuse époque de l'année, l'air est embaumé par les suaves parfums de la violette de mars et de tous les arbres en fleur. La sérénité constante du ciel assure encore à l'habitant de ces contrées d'autres jouissances non moins appréciables; une chaleur douce et modérée fortifie son corps, et des nuits dont la beauté égale celle des jours lui apportent un repos bienfaisant et réparateur. Mais, hélas! tous ces biens durent peu, et les grandes chaleurs de l'été viennent trop tôt tarir les eaux courantes, dessécher les cintres de verdure qui entourent les montagnes et répandre sur les campagnes une poudreuse aridité qui ne disparaît que beaucoup plus tard sous les grandes pluies de l'automne.

Cette dernière saison est en Crimée l'époque la plus nuisible à la santé. C'est alors surtout que règnent dans le pays les fièvres intermittentes et bilieuses qui dégénèrent en maladies chroniques et peuvent devenir mortelles lorsqu'on ne les combat pas par des remèdes énergiques accompagnés d'un régime très-sévère. Sans ces fièvres et la gale dont sont aussi atteints grand nombre de Tartares, la Crimée pourrait être considérée comme l'un des pays les plus sains du monde entier; et encore faut-il attribuer ces deux maladies au moins autant à l'incurie de l'homme qu'à la faute du climat. Si plus habiles et moins indolents les habitants de ces contrées savaient donner un cours aux eaux stagnantes qui croupissent sur certaines parties de leur territoire, ils ne tarderaient pas sans doute à voir diminuer les cas de fièvre, de même aussi qu'il est permis de croire que la maladie hideuse qu'on ose à peine nommer dans nos pays plus civilisés, disparaîtrait en grande partie, du moins devant une hygiène et surtout une propreté mieux entendues.

Par une singularité particulière aux automnes de Crimée, à la mi-octobre, époque à laquelle cessent les grandes pluies, il survient presque toujours des froids accompagnés de gelées; les montagnes se couvrent momentanément de neige, mais cette saison n'a pas de suite, et le beau temps, qui ne tarde pas à succéder au froid, se prolonge quelquefois jusqu'aux mois de décembre et de janvier.

Pour les peuples tartares qui habitent la Crimée, le cours de l'année ne se divise point de la même manière que chez nous. Le printemps commence chez eux au 23 avril et dure jusqu'au 22 juin, c'est-à-dire soixante jours. Son arrivée est toujours l'occasion de grandes fêtes et de solennités religieuses. Au 22 juin commence l'été, qui règne jusqu'au mois d'août. Les vingt-cinq premiers jours de ce mois ne font, par une bizarrerie inexplicable, partie d'aucune saison. L'automne commence au 26 août et dure jusqu'au 26 octobre (soixante et un jour). C'est pour les Tartares l'époque des transactions commerciales, la vendange est faite, les récoltes sont serrées, ils payent leurs engagements, acquittent leurs fermages et renouvellent leurs baux.

Suivent trente-six jours qui forment une sorte de saison intermédiaire et qui sont considérés comme les précurseurs de l'hiver, dont le commencement est fixé au 1er décembre. Ils le nomment *kyschtschilla* et lui assignent une durée de quarante jours : il finit le 4 février. Les vingt-cinq derniers jours de ce mois portent le nom de *gudshuk*. Les soixante-six jours que l'on compte depuis le 1er mars jusqu'au 23 avril ne sont compris dans aucune saison. Cette dernière période se subdivise elle-même en trois époques que l'on désigne dans le pays sous les noms assez singuliers d'*hiver des vieilles femmes*, *hiver des étourneaux* et *hiver des huppes*.

L'une des causes principales des grandes variations que nous avons signalées plus haut dans le climat de la Crimée doit être attribuée à la présence des chaînes de montagnes qui traversent la presqu'île. Ces montagnes, hautes de plus de douze cents pieds, sont presque taillées à pic le long de la côte méridionale, où règne une mer très-profonde. Elles vont s'aplanissant par degrés et presque insensiblement vers le nord pour se perdre en pente douce dans les vastes steppes peu élevées au-dessus du niveau de la mer qui forment la plus grande partie de la surface de ce pays.

La masse principale des montagnes de Crimée s'étend depuis le monastère de Saint-Georges et la pointe de la Chersonèse, qui porte le même nom, jusque dans les environs de Caffa, où les chaînes qui composent cette masse sont les plus hautes de la Tauride et forment surtout trois élévations principales : le Tchatyr-Dagh, réputé le plus haut sommet de la presqu'île, dont la hauteur perpendiculaire n'est pas moindre de treize cents pieds, et qui répond à peu près au milieu de la côte montagneuse, et les trois Iaëllas, qui sont une espèce d'alpes continues, très-élevées, escarpées du côté de la mer et aplaties en plaines immenses vers le nord. De chaque côté ces pitons sont séparés du Tchatyr-Dagh, dont ils égalent presque la hauteur, par deux vallons étroits et profonds qui coupent la chaîne du nord au sud, et forment pente tant vers le sud, où ils se réunissent dans la vallée d'Aloutscha, que vers le nord, où ils donnent naissance à deux rivières, le Salghir et l'Alma, dont les rives devaient dans ces derniers temps acquérir un renom sanglant autant que cher à notre orgueil national.

Cette rivière de l'Alma promène ses eaux dans une des contrées les plus agréables de la Tauride. Les vallons qu'elle arrose sont délicieux, et il est difficile d'imaginer un paysage à la fois plus gracieux et plus frais que celui qui se déroule sur ses deux rives. C'est là que se trouvent les magnifiques pâturages que les khans de Crimée avaient l'habitude de réserver particulièrement pour leurs haras. De riches plateaux de verdure s'y étendent à perte de vue, coupés çà et là par des bosquets de tilleuls et de peupliers au milieu desquels se cachent les nombreuses chaumières et les villages habités par les Tartares. D'immenses troupeaux paissent sur les coteaux voisins, des sources jaillissent du milieu des rochers et viennent se jeter dans l'Alma, puis d'espace en espace, comme pour rompre la monotonie du paysage, apparaissent des cimetières tartares, qui donnent à cette brillante nature un caractère à la fois grave et religieux; et, comme l'image de la mort que les Égyptiens faisaient circuler autour de la table du festin, avertissent le voyageur qui s'oublie sous les ombrages de cette moderne Arcadie que le bonheur et les beautés de ce monde sont périssables et aboutissent toutes au même but.

Moins favorisé que l'Alma sous le rapport des pays qu'il parcourt, le Salghir prend sa source près du village d'Aïan au fond d'un énorme ravin entouré de toutes parts par d'immenses blocs de roches calcaires. C'est sous une grotte spacieuse éclairée à peine par un jour douteux, que le fleuve prend naissance en s'échappant d'un gouffre immense dont les bords coupés presqu'à angle droit ne permettent pas d'en sonder l'effrayante profondeur.

La charpente des montagnes de Crimée est en général formée d'une roche calcaire, dure, de couleur grise, disposée par lits diversement inclinés et mélangée avec des couches schisteuses et argileuses.

Cette roche calcaire n'offre presque aucune trace de pétrification reconnaissable. On trouve seulement parmi les schistes durs des couches d'une ardoise noire.

Aux environs de Soudagh des montagnes entières sont formées par des couches de pierre meulière.

La Crimée possède en plusieurs endroits, mais particulièrement près d'Inkermann, des carrières connues sous le nom de *mines de kil*, qui fournissent une excellente marne à foulon, grisâtre, ou sorte de savon. Pour extraire cette marne les Tartares creusent des puits en forme d'entonnoir par le haut jusqu'à ce qu'ils soient arrivés à la couche argileuse, qui a environ deux pieds d'épaisseur. Quand on a creusé l'un de ces puits aussi avant que possible, on l'abandonne pour en pratiquer un autre. La marne, devenue friable par son contact avec l'air, ne tarde pas à se détacher et à combler le puits délaissé.

Les montagnes au-dessus de Kooz sont d'une nature différente : elles renferment de riches carrières de pierres de taille qui fournissent la plupart des matériaux dont on se sert pour construire dans une grande partie de la Crimée.

Le sol des montagnes est généralement marneux et fortement mélangé de sable et de pierres roulées; mais la quantité de pierres qui s'y trouve mêlée à la terre ne nuit en rien à la vigueur de la végétation : le froment et la vigne y réussissent très-bien.

Toutes ces montagnes offrent une particularité géologique digne de fixer l'attention du naturaliste. Pallas la signale dans les termes suivants : « Dans un pays, dit-il, qui a des montagnes si élevées que dans certains endroits la neige et la glace s'y conservent tout l'été, qui d'ailleurs est isolé par la mer, on devrait, selon les lois générales de la nature, s'attendre à trouver les trois ordres de montagnes : les *primitives* granitiques pour centre d'élévation, les schisteuses *secondaires* et les *tertiaires* à couches horizontales mêlées de pétrifications; ou bien, comme en Sicile, un noyau ou centre volcanique et les couches secondaires et tertiaires sur les contours. Mais en Tauride il n'existe ni l'un ni l'autre de ces arrangements observés dans tous les autres pays de montagnes. L'on ne voit dans l'escarpement maritime de toute la haute chaîne des alpes de la Tauride rien que des couches secondaires du dernier ordre inclinées sur l'horizon à un angle plus ou moins approchant celui de 45° et presque toutes plus ou moins parallèles posées dans une position qui varie entre le sud-ouest et le nord-ouest. Toutes ces couches sont donc coupées par la direction de la côte et on les voit complètement à découvert sur l'escarpement maritime des montagnes comme les feuillets d'un livre ou les tomes d'une bibliothèque. »

Les montagnes de la Crimée se présentent presque toutes sous la forme de croupes ou crêtes élevées qui vont se prolongeant suivant la direction des couches horizontales dont elles sont formées. Ces croupes, hérissées de rochers et sillonnées de vallées plus ou moins larges, sont coupées par escaliers au sud-est, et vues de ce côté présentent à l'œil une suite de terrasses; mais leur pente est plus douce au nord. Les plateaux de ces montagnes, qui pendant l'été fournissent aux Tartares d'excellents pâturages pour leurs troupeaux, sont couverts de neige jusqu'à la fin du mois de mai. Les cours d'eau qui descendent de ces hautes chaînes se dirigent dans toutes les directions sans jamais se confondre, quoique plusieurs d'entre eux soient très-rapprochés surtout près de leurs points de départ.

Les ravins formés par les ruisseaux qui vont vers le sud sont généralement étroits et courts, mais d'un escarpement et d'une profondeur considérables en raison de la hauteur des montagnes et de leur proximité de la mer. Ils ont rarement des communications entre eux. Tous ces ruisseaux tombent en petites cascades immédiatement dans la mer, ce qui fait qu'on n'en voit pas dans cette partie qui aient un cours considérable. Il est plus facile de se figurer que de peindre l'effet pittoresque que produisent aux yeux de celui qui longe sur un navire les côtes accores de la mer Noire ces multitudes de cascades, qui, tombant de hauteurs prodigieuses, n'arrivent au gouffre qui les engloutit que sous la forme d'une pluie brillante à laquelle le jeu de la lumière prête la plupart du temps la transparence et l'éclat du prisme.

Les vallons ou pentes douces et les ruisseaux qui se dirigent vers le nord se réunissent au contraire en plusieurs endroits et forment par leur jonction les cours d'eau les plus importants de la Crimée, qui ont leurs embouchures soit à l'ouest dans la mer Noire, comme le *Bououk-Ourou* ou *Tchernaia*, le *Balbeck*, la *Katcha* et l'*Amla*, soit au nord-est dans la mer de Sivâch ou dans la mer d'Azof, comme le *Salghir*, et les nombreux affluents du *Kara-Sou*, les trois *Indales* ou *Andales*, le *Soubache* et le *Boulganak* oriental..

Malgré leur importance relative, la plupart de ces rivières ne ressemblent qu'à des ruisseaux de montagne, dont le lit large et pierreux est quelquefois à sec, mais qui débordent souvent à l'époque des grandes pluies et de la fonte des neiges et deviennent alors des torrents impétueux qui se précipitent avec violence, arrachant, déracinant et entraînant tout ce qui se trouve sur leur passage.

Dans les vastes plaines ou steppes qui partant du pied des montagnes se dirigent vers le nord dans toute la largeur de la presqu'île on rencontre des terrains limoneux où le sel se trouve mêlé à la terre, ainsi qu'une grande quantité de lacs salés d'où l'on tire non-seulement tout le sel qui se consomme en Crimée, mais encore les quantités bien plus considérables qui servent à alimenter de cette importante denrée toutes les provinces méridionales de la Russie, avec la Moldavie, la Valachie et les autres pays danubiens.

C'est principalement sur les bords de la *mer Putride* et dans les environs de l'isthme de Pérécop qu'on rencontre cette sorte de lacs. Quelques-uns d'entre eux se dessèchent à peu près pendant les grandes chaleurs de l'été et n'offrent plus à cette époque de l'année qu'une vaste étendue de terrain que recouvre une couche blanchâtre de sel cristallisé.

A quoi doit-on attribuer la présence dans l'intérieur des terres de ces immenses quantités d'eau salée? On ne le sait pas encore d'une manière positive; mais on pense généralement que la mer recouvrant autrefois une grande partie de ces plaines très-basses, ces lacs devaient être à une époque plus reculée des anses de la mer à l'entrée desquelles le roulement des vagues avait jadis formé des barres en y amoncelant le sable et le limon du fond de la mer. Lorsque le niveau de cette mer est venu à baisser par un de ces phénomènes qui se sont produits sur plusieurs points du globe, ces barres demeurèrent à sec et les bassins des anses se trouvèrent ainsi séparés de la mer et prirent la forme sous laquelle ils se montrent encore aujourd'hui. L'évaporation des eaux est assez considérable pour cristalliser le sel de la masse d'eau marine qui est renfermée dans leurs concavités larges et peu profondes. Il semblerait que ces mines de sel dans lesquelles on puise depuis un temps immémorial devraient commencer à s'amoindrir; on n'y remarque cependant aucune diminution sensible, ce qui a fait conjecturer, non sans quelque raison, qu'il ne serait pas impossible que quelques-uns de ces lacs renfermassent des sources salées. Ces sources ne sont cependant indiquées par aucun mouvement particulier ni par aucun courant à la superficie des eaux.

Le Sivach semble devoir son origine aux eaux qui ont produit les lacs salés, dont il ne diffère au surplus qu'en ce qu'il a conservé par le détroit de *Ghénitch* une communication avec la mer d'Azof. Les vents d'est et du nord, qui sont extrêmement violents sur cette mer, poussent devant eux des vagues immenses qui dans leur mouvement entraînent elles-mêmes le sable vers la côte orientale de la Crimée. Lorsque la mer était encore plus élevée, ces vents ont dû former une longue barre à quelque distance de la côte et parallèle à cette côte par la réflexion des vagues. Cette barre, maintenant mise à découvert par l'abaissement du niveau de la mer, est la langue de terre connue sous le nom d'Arabat, dont la forme même, sa côte unie et sablonneuse à l'orient ainsi que son élévation uniforme et peu considérable indiquent suffisamment l'origine; et il est permis de croire que le Sivach serait aujourd'hui un grand lac salé s'il n'avait conservé avec la mer d'Azof, par la passe étroite que nous avons déjà nommée, une communication directe, qui ne donne pas pourtant assez de circulation à ses eaux pour les préserver de la pourriture qui se fait sentir au loin pendant l'été et l'automne, et avait mérité à cette étendue d'eau le nom de mer Putride, sous lequel les anciens la désignaient.

Les principaux lacs salés sont ceux qui avoisinent Pérécop. Les deux plus importants sont connus l'un sous le nom de Staroé-Osero (vieux lac) et l'autre sous celui de Krasnoé-Osero (lac rouge). Dans ces lacs, comme dans tous ceux de la péninsule, le sel se forme depuis le milieu de juin jusqu'en août. La chaleur fait alors évaporer l'eau et accélère la condensation des principes salins. On enlève avec des pelles de bois les mottes de sel qui s'y sont formées. Le peu de profondeur et la fermeté du terrain permettent d'entrer dans plusieurs de ces lacs avec de lourdes voitures traînées par des bœufs et

qui visita les lieux quelque temps après, crut devoir consacrer dans son ouvrage une relation détaillée de ce singulier événement.

D'après le récit de cet illustre voyageur, l'endroit où s'ouvrit le nouveau gouffre était un petit creux sur le haut d'une colline où les eaux de neige et de pluie se conservaient ordinairement longtemps. Au moment ci-dessus indiqué (février 1794) il se fit en cet endroit une explosion épouvantable, le bruit fut semblable à celui du tonnerre, et en même temps il sortit du sein de la terre une gerbe de feu qui dura environ une demi-heure avec accompagnement d'une fumée noire et épaisse. Au bout de ce temps la flamme disparut, mais la fumée continua ainsi qu'une forte ébullition qui jetait des flots de vase à une assez grande distance du cratère. Depuis ce temps la vase a continué de déborder, mais lentement, et a formé plusieurs coulées qui du faîte de la colline se sont répandues irrégulièrement vers la plaine. Au dire de Pallas, la masse de vase qui s'était épanchée par cette ouverture pouvait être évaluée à plus de cent mille

Le jeune Hadjy présenté aux mirzas par le pâtre Ghéraï.

de les charger dans le lac même. C'est également avec de grands chariots attelés de bœufs que les habitants de la Crimée transportent pendant l'été une partie du sel ainsi récolté dans la Pologne, la Russie Blanche, la Nouvelle-Russie, l'Ukraine et plusieurs gouvernements voisins : on en exporte une assez grande quantité en Anatolie et à Constantinople.

Comme le Sivach tous les lacs salés sont pour la Crimée autant de foyers d'infection, et c'est à leur funeste influence qu'il faut surtout attribuer les fièvres intermittentes dont nous avons eu plus haut occasion de signaler le danger.

La présence des lacs salés n'est pas le seul phénomène particulier au sol de la Crimée. La presqu'île de Kertch et l'île de Taman, qui n'en est séparée que par un bras de mer, possèdent en plusieurs endroits des sources abondantes de pétrole et des gouffres ou siphons qui regorgent un limon salé mêlé à une grande quantité de gaz. Plusieurs de ces gouffres sont maintenant entièrement desséchés; d'autres au contraire sont en pleine activité et continuent à vomir des flots de vase liquide qui s'échappent en bouillonnant à cause de l'abondance du gaz qui se trouve mêlé à la vase.

Au mois de février 1794 s'ouvrit dans l'île de Taman un nouveau volcan vaseux. Cette éruption fut accompagnée de circonstances telles que le monde savant s'en préoccupa et que le voyageur Pallas,

toises cubes. Au mois de juillet de la même année 1794 les coulées s'étaient desséchées et l'ouverture du cratère qui était au centre se trouvait bouchée par la vase pareillement desséchée, de façon qu'on pouvait passer dessus sans aucun risque; mais le bouillonnement affreux qu'on entendait encore dans l'intérieur de la montagne prouvait assez que ses entrailles n'étaient pas aussi paisibles que la surface. Depuis cette époque en effet plusieurs coulées nouvelles ont eu lieu à diverses reprises.

Quelques années après, en 1799, un autre volcan vaseux donnait naissance à un nouveau phénomène non moins extraordinaire. Le 5 septembre de cette année, après un grand bruit souterrain accompagné d'un tonnerre effroyable, on vit s'élever du fond de la mer d'Azof, vis-à-vis Temiouk, une île d'environ cent toises de circonférence, dont le centre parut jeter de la vase, et qu'une éruption volcanique couvrit tout à coup de feu et de fumée. L'année suivante on n'apercevait plus de traces de cette île, soit qu'elle eût été dissoute par les vagues ou qu'elle se fût enfoncée dans la mer aussi spontanément qu'elle en était sortie.

Dans ce pays, où les îles s'élèvent et disparaissent dans l'espace d'une année, on voit aussi parfois des montagnes entières crouler et s'abîmer sur elles-mêmes : témoin ce qui arriva dans les environs de Koutchoukoy le 10 février 1784.

Du sommet d'une montagne descendait un ruisseau qui s'était creusé un lit dans le flanc même de l'escarpement. Le 10 février, la terre commença à se fendre et à se séparer, et il se forma deux énormes crevasses dans lesquelles s'engloutit et disparut tout entier le ruisseau, qui faisait tourner deux moulins. Cependant la terre continuait à se crevasser et à s'entr'ouvrir de plus en plus en plus, et les Tartares, effrayés par ces signes singuliers, désertaient leurs habitations et fuyaient en poussant devant eux leurs bestiaux, non moins épouvantés qu'eux-mêmes. Tout à coup, au milieu de la nuit, il se fit un fracas épouvantable. Toute la crête de la montagne, sur une longueur de près de deux kilomètres et sur une largeur de sept à huit cents mètres, se détacha de sa base et vint s'affaisser sur elle-même.

Cet écroulement, qui dura plusieurs jours, creusa une fosse de vingt mètres de profondeur dans laquelle demeurèrent une grande crête et deux petites crêtes parallèles de la roche dure. A mesure qu'une partie de la pente escarpée se détachait du roc, toute la masse pesait dans la même proportion sur sa base, et le rivage avança dès lors dans la mer dans une circonférence de près de deux cents mètres. Plusieurs maisons et jardins placés sur le flanc de cette montagne disparurent dans ce cataclysme ainsi que des champs tout entiers.

Aussi imprévoyants que les habitants du Vésuve, qui, le torrent de lave écoulé, viennent reprendre la place un instant envahie par le flot incandescent, les Tartares propriétaires des maisons disparues sont bientôt venus replacer leurs habitations sur les lieux d'où le fléau les avait chassés, sans penser qu'un jour ou l'autre le phénomène peut se reproduire et les engloutir avec leurs demeures !

L'air de la Crimée est généralement sain, pur, sec et léger ; c'est seulement dans les environs du Sivach et des lacs salés qu'il se trouve corrompu par des miasmes pestilentiels qui occasionnent à ceux qui le respirent des fièvres bilieuses et intermittentes.

La partie des montagnes est la plus saine et la plus agréable à habiter, tant à cause de son exposition et de la pureté de l'air que pour la bonté de ses eaux. Dans la plaine le manque d'eau se fait généralement sentir à une certaine époque de l'année ; il provient de la disposition du terrain, dont la surface unie et plane laisse glisser les nuages vers la mer. La nudité du terrain devient aussi une cause de sécheresse en ce que l'air qui le couvre s'échauffant plus aisément force les nuages à s'élever. Par suite des mêmes circonstances, les orages sont peu fréquents et s'arrêtent ordinairement sur les hautes montagnes, qui les attirent. Ils durent généralement peu, sont d'une grande violence, et presque toujours suivis de fortes pluies et de grosse grêle.

Nous passons aux productions de la Crimée.

La péninsule n'est pas riche en forêts; une très-petite partie de son territoire seulement est couverte par des bois. On n'en trouve guère que le long des montagnes de la côte méridionale. Les endroits qui produisent le plus de grands arbres sont les vallons situés entre Balaklava et Yalta autour du pied du Tchatyr-Dagh et dans les profondes ravines qui se dirigent vers Ouskout; les lieux moins élevés ne sont couverts que de taillis nains ou de petits arbustes. Dans certaines parties des montagnes on trouve des troncs énormes de chênes, de hêtres et de charmes, qui sont sans doute d'un usage inappréciable pour la marine, mais qui sont loin de suffire aux Russes pour les besoins de leurs constructions navales.

Les arbres forestiers les plus répandus en Crimée sont le pin, le hêtre, le tilleul, le chêne, le charme, le frêne, plusieurs variétés de peupliers, différentes autres espèces d'arbres et de buissons.

Les forêts de la Crimée servent de retraite à une grande quantité de chevreuils, de lièvres et de daims.

La nature n'a refusé à ce pays aucun des avantages qu'on peut attendre de sa position. Les prairies et les montagnes offrent d'excellents pâturages, les plaines réunissent toutes sortes de grains, les mêmes vergers voient mûrir les fruits du nord et ceux des climats plus généreux, tels que le raisin, l'olive et l'orange. La bonté du terrain et l'heureuse température du climat permettent aussi à ce pays de cultiver plusieurs productions exclusivement propres aux pays chauds.

Nous avons déjà donné avec Pallas une nomenclature détaillée des arbres à fruit, nous n'y reviendrons pas, et nous nous bornerons à signaler en passant que le pays, principalement dans sa partie méridionale, est couvert de vergers où croissent des cerisiers, des pêchers, des abricotiers, et autres arbres, qui, abandonnés pour ainsi dire aux soins de la nature, n'en donnent pas moins des fruits de bonne qualité. Avec une culture plus soignée on pourrait en peu d'années multiplier avec succès une partie des productions des contrées les plus éloignées ou les plus différentes.

Les jardins potagers ne sont pas moins riches que les vergers. On y cultive les melons, les concombres, les pastèques, les citrouilles, les choux, les carottes, les betteraves rouges et blanches, la mayenne ou melongène, les fèves, les haricots, les pois chiches, et quantité d'oignons.

Le sol de la Crimée abonde également en plantes à fourrage ; cette contrée possédant non-seulement une grande variété de pâturages, mais encore les meilleures espèces d'herbes employées ordinairement pour les prairies artificielles.

Les céréales y prospèrent admirablement; celles qu'on y cultive de préférence sont : le froment d'hiver, le blé de mars, le froment grec ou arnaute, l'épeautre, le seigle d'hiver, celui d'été, l'orge d'hiver commune, l'orge distique ou d'été, l'avoine, le maïs et le millet.

Le lin se récolte dans les champs arrosés, sur le penchant des montagnes et près de la côte méridionale. Le tabac de Virginie croît dans plusieurs parties de la péninsule, la garance pousse dans les bas-fonds d'Inkermann, la gaude et le safran se cueillent sur les montagnes et dans les vallées de la côte méridionale ; les vallons d'Aloupka sont couverts de lauriers et d'oliviers, le térébinthe croît dans les jardins près de Soudagh, le long de l'Alma et sans culture dans les vallées méridionales. Entre Yalta et Alouchta on rencontre l'agnus-castus et de nombreux buissons de sumac ou vinaigrier. Le plaqueminier, le lotus des anciens, s'élève dans les environs de Balaklava, tandis que dans les mêmes contrées l'arbousier s'échappe des fentes des rochers les plus escarpés. Les montagnes argileuses de Soudagh sont couvertes de câpriers, et dans un grand nombre de vallées la vigne, soutenue par des échalas ou grimpant le long des arbres, donne des vins rouges et blancs dont quelques-uns sont avec raison fort estimés.

Le règne animal est moins riche que le règne végétal. Parmi les bêtes fauves on compte les chevreuils, les daims, les loups, les renards, les blaireaux, les fouines, les putois et les lièvres. Les bords de la mer Noire et de la mer d'Azof sont fréquentés par des marsouins et des veaux marins.

Les animaux domestiques sont : les chameaux à deux bosses, les buffles, les bœufs, les vaches et plusieurs espèces de moutons. Les chevaux y sont nombreux et d'une race qui rappelle par sa vigueur et sa légèreté le type si fameux des coursiers arabes.

La Crimée possède aussi une race particulière de grands chiens lévriers fort estimés pour la chasse.

Les troupeaux de bœufs et de moutons forment une grande partie de la fortune du pays. Les nobles tartares en sont les principaux possesseurs. On voit ces animaux répandus par milliers dans les steppes, et souvent tous appartiennent à un seul propriétaire. Le chameau est généralement employé par les Tartares comme bête de tir; ils l'attellent à des chariots couverts, à quatre roues, appelés *madshari*, qui leur servent à transporter leurs familles.

La Crimée possède un grand nombre d'oiseaux parmi lesquels on distingue les vautours des Alpes et d'Egypte, l'autour, le milan et une espèce de faucon que les Tartares dressent pour la chasse au vol, qui est un de leurs plus grands plaisirs.

On y rencontre aussi la corneille, la pie, le merle, la perdrix, la bécasse, l'étourneau, les grives, les cailles, les alouettes, le rossignol, le roitelet, le pinson, le chardonneret, la mésange, le moineau et l'hirondelle. Ces derniers oiseaux sont pour les Tartares les objets d'une prédilection toute particulière. Ils entrent jusque dans leurs maisons et bâtissent leurs nids dans leurs chambres. La présence de ces visiteurs ailés est regardée comme une faveur dans les maisons, qu'elle débarrasse des mouches et autres insectes incommodes.

Outre les outardes et les hérons, qu'on rencontre dans toutes les plaines et sur le bord des rivières, les canards sauvages et autres oiseaux de passage se montrent aussi en Crimée, à différentes époques de l'année.

Les eaux douces de cette contrée nourrissent plusieurs espèces de poissons, parmi lesquelles il faut citer des truites saumonées d'une grosseur extraordinaire et d'une qualité excellente.

Les mers qui environnent la presqu'île abondent en poissons, mais c'est à peine si la population indolente qui habite ces côtes cherche dans la pêche une ressource alimentaire. Les principaux de ces poissons sont l'esturgeon, le mulet, le maquereau, la sardelle, la pastenague, la sardine, le rouget-barbet et plusieurs espèces de labres dans le nombre desquels se trouve le perroquet. Un poisson particulier à ces mers est une sorte de limande d'une grosseur considérable qu'on ne trouve nulle part ailleurs que dans la mer Noire et dans la mer d'Azof.

Les testacées sont dans les rivières les écrevisses; dans la mer, le crabe, la crevette, l'huître, les moules, les coquilles ridées, les manches de couteau et les limaçons.

Les reptiles sont en petit nombre en Crimée. On trouve dans les montagnes quelques serpents; on voit dans les marais plusieurs espèces de lézards et de grenouilles ainsi que des tortues d'eau douce.

La Crimée n'offre point une grande variété d'insectes. On n'y élève point de vers à soie ; mais on y prend un soin tout particulier des abeilles, qui donnent un miel excellent : ressource inappréciable pour les Tartares, qui en font un grand usage. Leur manière de garder et de prendre les abeilles ne dément pas la simplicité ordinaire des habitudes de ce peuple. Les gens de la campagne forment des cylindres avec des tiges de jeunes arbres d'environ six pouces de diamètre, dont ils évident presque tout le bois à la réserve de l'écorce, ensuite ils en ferment les extrémités avec du plâtre ou de la boue, à l'exception d'une petite ouverture qui sert à la circulation des industrieuses ouvrières. Le miel de Crimée est d'une qualité très-supérieure. Les abeilles, comme dans la Grèce, s'y nourrissent du thym des montagnes et de toutes les autres fleurs que le pays produit spontanément.

Certains insectes dangereux infestent la péninsule. Ils sont de trois sortes. Les deux premières appartiennent au genre araignée. L'une est la grande tarentule noire connue dans plusieurs parties du midi de l'Italie où depuis longtemps elle est si fameuse par le nom qu'elle a donné à la danse, qui, dit-on, guérit de sa morsure. Au dire de certaines personnes, le venin de cette araignée pourrait, sans ce remède, avoir les suites les plus funestes. Cette araignée parvient dans la Crimée à une taille effrayante. On en a vu qui placées sur une table dans leur position naturelle, embrassaient dans leurs bras velus une circonférence d'un diamètre de près de trois pouces. L'autre, quoique très-petite, est beaucoup plus dangereuse ; elle est de couleur jaune et armée de deux tendons qui ne sont pas sans quelques rapports avec les bras d'une écrevisse. La troisième espèce d'insecte redoutée pour ses morsures se nomme cent-pieds ou scolopendre. Elle est très-commune dans les expositions chaudes. On rencontre aussi quelques scorpions dans certaines parties des montagnes.

Il existe en Crimée une autre espèce d'insectes, qui, bien que sans venin, n'en sont pas moins par leur multiplicité et leur voracité une plaie hideuse pour le pays : nous voulons parler des sauterelles. Les steppes sont quelquefois littéralement couvertes de leurs corps ; et comme elles se précipitent ordinairement en troupes innombrables, elles présentent l'aspect d'une neige épaisse qui serait obliquement chassée par le vent, et jetterait comme un voile impénétrable entre la terre et le soleil. Les voyageurs qui traversent les plaines où elles s'abattent disparaissent en un instant eux et leurs chevaux sous cette pluie d'une nouvelle espèce. Les Tartares racontent, à l'occasion de ces sauterelles dévastatrices, des histoires que nous n'oserions citer même en leur en laissant toute la responsabilité. Ils parlent en effet d'hommes et de chevaux étouffés spontanément sous le poids d'une myriade de ces insectes.

En quelque lieu que s'abattent ces sauterelles, tous les produits végétaux disparaissent, rien n'échappe à leur voracité, depuis les feuilles des arbres jusqu'aux herbes des plaines : champs, vignobles, jardins, pâturages, tout est dévasté, et quelquefois la seule trace qui reste après leur passage sur le sol dépouillé se réduit à des couches dégoûtantes de cadavres entassés, dont la mauvaise odeur suffirait pour engendrer la peste ; on comprend facilement, à l'aspect des dégâts occasionnés par ces insectes, que l'Égypte ait autrefois mis leur présence au nombre de ses plaies les plus douloureuses.

Nous sommes loin d'avoir tout dit sur la description physique d'un pays pittoresque, dont les beautés et les particularités pour être racontées en détail exigeraient plus d'un volume ; mais le cadre étroit dans lequel le plan de cet ouvrage nous contraint de nous restreindre ne nous permet pas de plus longs développements à cet égard, et nous passons de suite à l'esquisse rapide des événements qui depuis les temps les plus reculés jusqu'à nos jours se sont accomplis sur le sol de la poétique Chersonèse.

CHAPITRE DEUXIÈME.

L'HISTOIRE.

Temps fabuleux. — Les Tauriens. — Les Amazones. — Les Scythes. — Iphigénie en Tauride. — Colonies grecques. — Nouvelle invasion des Scythes. — Les Sarmates. — Fondation de Panticapée. — Les rois leuconiens. — Mithridate et l'ère pontique. — Les Romains. — Invasion des Alains. — Invasion des Goths. — Pharnace et Savromates. — Attila et les Huns. — Déluge de barbares. — La Crimée prend le nom de Khazaria. — Kherson. — Le pape Martin. — L'empereur Justinien II. — Apparition des Petchénègues. — Vladimir. — Genghis-Khan. — Mongols et Tartares. — Empire du Kaptchack. — Genois et Vénitiens. — Fondation de Caffa. — Histoire du colonie génoise. — Tamerlan. — Khans de la famille Ghéraï. — Les Turcs en Crimée. — Apparition des Russes sous l'impératrice Anne. — Catherine II. — Potemkin. — Conquête de la Crimée par les Russes. — Voyage de Catherine en Crimée. — Montre du dernier khan Chahyn Ghéraï. — Mort de Potemkin.

Nous l'avons dit, les annales de la Crimée commencent par des fables ; mais ces fables sont attrayantes, elles ont bercé notre enfance et fait rêver notre jeunesse. A l'heure qu'il est, elles servent encore peut-être à charmer le soir devant les feux du bivouac les courts instants de loisir que les travaux de la conquête laissent à nos soldats. Que de raisons pour qu'il me soit ici permis, sinon de les raconter, du moins de les rappeler en peu de mots !

Les premiers peuples connus qui habitèrent les montagnes de la Tauride étaient originaires de ces mêmes contrées. On les nommait les Taures ou Tauriens ; mais à peine on a le temps de s'arrêter sur ce nom, que voilà les Taures qui disparaissent et sont remplacés par les Sikolotes, nation barbare qui appartient à la grande famille des Scythes. Devant cette invasion, les Taures se retirent de la plaine et vont se réfugier dans les montagnes.

Cependant leur population s'accroît. Trop à l'étroit dans leurs montagnes et peu disposés à s'adonner aux arts et à l'agriculture, ils vivent quelque temps de vol et de pillage, et descendent de leurs pics inaccessibles pour enlever les troupeaux de leurs vainqueurs devenus propriétaires des basses terres.

Une nouvelle invasion vient bientôt confondre sous le même joug les vainqueurs et les vaincus de la veille ; les Amazones, ces singulières héroïnes dont l'antiquité a tant parlé, en débordant sur l'Europe avaient envoyé une expédition en Tauride. Ce n'est pas moins de quatre cents ans avant les Argonautes, si l'on en croit Hérodote, Justin et Strabon, vieux conteurs d'un monde enfant, que ces hordes indomptables de femmes, république capricieuse, tantôt cruelle, tantôt clémente au sexe ennemi, envahissent et conquièrent la Tauride. A peine établies elles fondent des temples et y pratiquent le culte barbare qu'elles ont importé d'Asie : une vierge en est la prêtresse ; les victimes en sont des hommes. Le plus fameux de ces temples est celui bâti sur le cap appelé depuis cap Parthenium : il est consacré à Diane Travopolitaine ; la statue de la déesse préside à d'horribles boucheries humaines.

La domination des Amazones se prolonge sur la Chersonèse et continue pendant un certain laps de temps. La guerre est devant Troie. Les dieux irrités retiennent à la fois les vents captifs et les flottes grecques en Aulide, un sacrifice humain est exigé. Iphigénie, la fille du roi des rois, est désignée comme la victime expiatoire. La chaste et pure jeune fille ne meurt pas cependant sous le couteau de l'affreux Calchas ; enlevée, elle s'enfuit en Tauride, et de victime devient prêtresse : on sait le reste, l'expiation imposée à sa main fraternelle et comment Oreste, aidé de son fidèle Pylade s'enfuit avec elle en Argos après avoir ravi à la Tauride la statue et la prêtresse de l'implacable déesse.

Cependant les Scythes, chassés de la Tauride par les Amazones, prennent plus tard une revanche éclatante. Ces guerriers, qu'on pourrait appeler la tempête à cheval, tombent au galop sur la Tauride et chassent à leur tour leurs belliqueuses rivales.

Mais, étrange et merveilleuse histoire ! voici qu'Hercule et Thésée, à la suite d'une expédition contre les Amazones de l'Asie, emmènent avec eux en captivité quelques-unes de ces femmes soldats. Un vaisseau qui porte un certain nombre des plus illustres captives échoue sur les côtes de la presqu'île Trachée dans le Bosphore même. Echappant à la vigilance des Scythes, ces femmes intrépides s'emparent d'un haras de chevaux, côtoient le rivage de la mer Putride, ravagent tout sur leur passage et cherchent à se frayer un chemin jusqu'à l'isthme de Pérécop. La terreur est parmi les Scythes ; mais bientôt rassurés sur le nombre de leurs ennemis, ils se présentent au-devant du torrent dévastateur. Non loin de Pérécop, les guerrières se rencontrent avec les Hippomolgues qui se nourrissaient du lait aigri de leurs juments. Honteux d'écraser sous le nombre une poignée de femmes déjà fatiguées par une longue expédition, les Scythes se contentent alors d'opposer aux indomptables Amazones les plus jeunes et les plus beaux d'entre leurs guerriers. « Ce fut comme à la bataille de Pharsale, dit un ingénieux écrivain, on se frappa au visage et au cœur, mais les blessures ne furent pas mortelles ; la paix fut bientôt faite, elle n'avait point été achetée par du sang. » Par suite du traité d'alliance les vaincues allèrent s'établir avec leurs vainqueurs au delà du Tanaïs, où elles donnèrent naissance à la nation des Sauromates.

Antérieurement à cette époque, Jason et ses intrépides nautoniers étaient venus aborder sur les côtes de la Tauride. Les Grecs, amis des aventures et du merveilleux, n'avaient eu garde d'oublier la route tracée par leurs plus anciens navigateurs, et déjà, au milieu du sixième siècle avant l'ère chrétienne, les Milésiens avaient bâti sur la petite presqu'île de l'Est Panticapée ou Bosphore, aujourd'hui Kertch et Théodosie, depuis Caffa. De leur côté les Héracliotes du Pont avaient fait voiler vers ces parages conjointement avec les Déliens de la côte septentrionale de l'Asie Mineure, et avaient bâti Kherson sur le territoire des Tauriens ; depuis cette époque le commerce de la Grèce avec ces contrées prit de jour en jour un nouvel accroissement.

Ce ne fut pas cependant sans combattre que les colonies grecques parvinrent à prendre racine sur le sol de la Tauride, elles trouvèrent pendant longtemps de rudes et infatigables adversaires dans les Scythes qui étaient alors en possession de la Chersonèse.

Ces peuples qui ont pesé si longtemps sur le pays dont l'histoire nous occupe méritent d'être connus.

Les Scythes étaient des tribus nomades qui n'avaient pour demeures que des tentes à compartiments qu'ils dressaient sur leurs chariots, afin d'être prêts à partir au premier besoin. Ils portaient la barbe longue et étaient généralement couverts de peaux de mouton, les chefs seuls se revêtaient de la dépouille des bêtes fauves. Ils combattaient à cheval et se servaient de massues, de javelots, d'arcs, faits avec des cornes d'antilope, et d'une sorte de glaive. Ils étaient bons cavaliers et excellents archers. A la guerre ils goûtaient le sang des premiers ennemis qu'ils avaient tués et coupaient la tête à tous les autres. Ils adoraient une divinité barbare, sous la figure d'un glaive, et ajoutaient la plus grande foi aux jongleries de leurs devins, qui exerçaient aussi la médecine. Leurs principales richesses, comme celles de tous les peuples nomades, consistaient en troupeaux de bœufs et de moutons, dont ils mangeaient la chair, tout en lui préférant de beaucoup celle du cheval, leur mets de prédilection.

Parmi plusieurs coutumes singulières et barbares pratiquées par ces peuplades, nous nous bornerons à citer ici les cérémonies qu'ils accomplissaient aux funérailles de leurs chefs. Quand un roi mourait ses amis enduisaient son corps de cire, lui fendaient le ventre et le remplissaient de parfums et d'herbes aromatiques. Ce premier soin accompli ils recousaient le cadavre et l'enterraient avec une des concubines du défunt qu'ils avaient étranglée ainsi qu'un cuisinier, un échanson et un palefrenier. Ils étranglaient encore une cinquantaine de ses serviteurs avec un pareil nombre de ses chevaux, leur ôtaient les entrailles, les bourraient d'herbe et de foin. Puis hommes et chevaux ainsi empaillés étaient disposés autour du tombeau, les hommes maintenus à cheval à l'aide d'un pieu qui leur traversait l'épine dorsale. Dans leur féroce ignorance ils se figuraient que ces malheureuses victimes pouvaient encore défendre leur maître et veiller à ses besoins.

Ces farouches conquérants dominèrent en Tauride jusques environ 380 ans avant Jésus-Christ, époque à laquelle ils furent exterminés par les Sarmates qui passèrent comme un torrent et laissèrent les

d'Asie, fut plus tard définitivement constitué en royaume par Leucon, dont la dynastie prit le nom de leuconienne, sous lequel elle est connue dans l'histoire. Plus heureux que bien des royaumes plus puissants, ce modeste Etat ne demeura pas moins de huit cents ans sous cette forme de gouvernement; car les Romains, qui furent après les Grecs les protecteurs ou plutôt les suzerains de cette couronne, pensèrent qu'il leur était plus avantageux de laisser subsister sous son propre gouvernement cette sentinelle avancée de la civilisation, que d'y dominer eux-mêmes par leurs lois et par leurs proconsuls

Il ne faudrait pas croire cependant que durant toute cette longue période le petit royaume de Bosphore n'eut ni révolutions ni vicissitudes, il en eut au contraire beaucoup. De nombreux changements de dynastie se font remarquer dans la longue suite de ses rois.

Mithridate lui apporta l'ère pontique. Ce roi de Pont, grand homme, sans contredit, mais grand homme à la façon des barbares; tout couvert du sang de sa famille, rêvant la gigantesque entreprise d'une expédition en Italie, ne dédaigna pas de mettre ce petit Etat au

Voyage de Catherine en Crimée.

Taurinicns s'établir derrière eux et étendre peu à peu leur domination sur la presqu'île presque tout entière.

Pendant que les barbares de l'une et l'autre rive du Don venaient tour à tour ensanglanter le sol de la Tauride et s'en disputer la possession les colonies grecques s'étaient rendues assez puissantes pour maîtriser les barbares, et elles commençaient à étendre leur domination dans l'intérieur des terres; Kherson arrondissait son territoire et se donnait des archontes, qui, malgré le titre ambitieux de roi qu'ils prenaient quelquefois, n'étaient en réalité que les premiers magistrats d'une république vassale de la métropole. Panticapée s'agrandissait de son côté et devenait le centre d'un petit empire industrieux et florissant.

Les Milésiens fondateurs de Panticapée ayant fini par faire alliance avec les Scythes, il résulta de leur agglomération une population active et commerçante qui bientôt se trouvant trop à l'étroit dans les murs de cette ville et dans ceux de Phanagorie éprouva le besoin d'étendre ses relations et de se soumettre à une volonté, unique et puissante, capable de prendre les mesures qu'exigeait la position de colonies placées sur les confins du monde civilisé en présence d'une nuée de barbares toujours en état d'agression. Organisé d'abord sous une forme républicaine, ce petit Etat, qui réunissait à ses possessions dans la presqu'île Trechée un territoire au moins égal sur la côte

rang de ses conquêtes. Les Sarmates avaient de nouveau envahi la Crimée, soumis les colonies grecques à leur payer un tribut, et menaçaient même d'une destruction prochaine la république de Kherson et le royaume de Bosphore; Mithridate, appelé au secours de ces cités aux abois, entre dans la Crimée à la tête d'une nombreuse armée, se déclare le protecteur ou plutôt le maître des colonies grecques, et s'empare de toute la presqu'île, où il fonde *Eupatoria*, sur la côte occidentale, au lieu où s'élève aujourd'hui la moderne Koslof.

Mithridate jouit de sa conquête pendant l'espace de seize ans; au bout de ce temps et vers l'année 60 avant Jésus-Christ, dépossédé lui-même de ses Etats d'Asie, vaincu et abandonné, il se retire à Panticapée, où sa grande âme rêve encore à l'aide des Scythes, ses alliés, l'invasion et la destruction de l'empire romain. Pour inspirer plus de confiance à ces barbares et les décider à le seconder dans ses vastes projets, il prend le parti d'envoyer ses filles sous la garde de quelques eunuques et d'une troupe de soldats chercher chez eux des époux et des secours. Mais cette escorte est à peine sortie de Panticapée que les soldats qui la composent, depuis longtemps travaillés par la trahison, se révoltent, mettent les eunuques à mort et livrent les jeunes princesses aux Romains. Ce ne fut pas tout, un fils du roi détrôné, Pharnace, se mit à la tête des révoltés pour assiéger son père dans son propre palais. On sait assez quelle fut la suite de cette conduite sacrilége. Abandonné de tous, incapable de résister aux rebelles et ne voulant pas tomber vivant au pouvoir des Romains, qu'il déteste, le vieux roi de Pont ordonne au Gaulois Bituitus qui veille auprès de sa personne de lui prêter le secours de son épée pour lui sauver au moins la honte de la captivité, il est obéi. Rome se trouve enfin délivrée de l'adversaire le plus grand et le plus redoutable qu'elle eût eu depuis Annibal.

L'infâme Pharnace envoya à Pompée le corps mutilé de son père, et demanda pour prix de son parricide le royaume de Pont et de Bosphore. On dit que le général romain à la vue du cadavre de ce grand homme ne put retenir des larmes de regret et d'indignation. Peut-être était-ce chez lui un pressentiment qu'un jour son rival victorieux pleurerait aussi à la vue de sa tête sanglante.

Les larmes de Pompée ne l'empêchèrent pas cependant de prodiguer au parricide le titre d'ami et d'allié du peuple romain; il lui accorda également le royaume de Bosphore, mais il lui refusa celui

mais ils ont changé de nom : c'est désormais sous celui de Goths qu'ils figurent dans l'histoire. Une lutte sanglante s'engage entre les premiers et les nouveaux conquérants. Barbares contre barbares! Les Goths l'emportent, les Alains sont expulsés ou réduits en servitude. Sous la domination de ces nouveaux maîtres, la Tauride perd son nom grec pour prendre celui de Gothie. C'est pendant la période gothique que le christianisme fut porté en Crimée. On y érigea plusieurs évêchés à Kherson, à Bosphore et parmi les Goths.

Le royaume de Bosphore subsistait toujours, les Sarmates en convoitaient les restes chancelants. Les Khersonnites de la petite république d'Occident coururent au secours de ses cités éperdues, ils se jetèrent dans Panticapée et soutinrent vaillamment le choc des Sarmates. On se battit longtemps, la victoire indécise ne savait de quel côté se tourner. Les armées fatiguées firent halte au milieu du sang. D'un commun accord on convint de remettre le sort des batailles aux mains de deux champions. Savromates fut élu par les barbares, le destin des Khersonnites fut confié à Pharnace. Le duel

Meurtre de Chahyn-Ghéraï.

de Pont. Après le départ de Pompée, l'assassin de Mithridate tenta de reconquérir les États de son père; il obtint en effet quelques succès, mais son triomphe ne fut pas de longue durée : César, libre des soins plus importants qui l'avaient quelque temps retenu loin de Pharnace, quitte enfin l'Égypte, arrive sur lui comme la foudre, le combat et le met en complète déroute dans cette courte campagne dont le héros rendit compte en trois mots devenus à jamais célèbres : *Veni, vidi, vici* (Je suis venu, j'ai vu, j'ai vaincu).

A partir de cette époque la Chersonèse appartint aux Romains, qui se contentèrent pourtant de la faire gouverner par des fantômes de roi. C'est ainsi que nous atteignons l'ère chrétienne. Vers le milieu du premier siècle les Alains ouvrent pour la Crimée cette longue période d'invasions qui pendant près de quinze cents ans fait de l'histoire de ce pays un douloureux martyrologe. Ces barbares pénètrent en Tauride, rendent tributaires les rois de Bosphore, exterminent les Tauriniens et se rendent maîtres de toute la presqu'île, sur laquelle leur domination se prolonge durant environ cent cinquante ans.

Ces Alains, peuplade nomade comme les Scythes, vivaient à cheval et dormaient dans leurs chariots. Hardis à la guerre, acharnés au pillage, ils rasèrent Théodosie, et firent peser sur tout le pays une longue et désastreuse servitude.

Vers le milieu du second siècle les Scythes reparaissent encore;

s'engage. Le Sarmate est un guerrier de gigantesque stature, bardé de fer, inébranlable comme un mur d'airain. Le Grec, au contraire, est faible et grêle; mais la victoire n'est pas toujours pour les forts, témoin Goliath et son antagoniste. La ruse vient au secours de Pharnace : à un instant convenu d'avance son armée pousse trois grands cris, le guerrier sarmate frémit et s'inquiète, ses regards se détournent un instant du fer de Pharnace; cet instant a suffi, le glaive du rusé Grec disparaît jusqu'à la garde dans le flanc du barbare, qui tombe pour ne pas se relever. Fidèles à la foi jurée, les Sarmates se reconnaissent vaincus et repassent en Asie.

Les Sarmates se retiraient comme ils étaient venus, semblables à un torrent; mais un autre torrent plus terrible ne devait pas tarder à rouler ses ondes destructrices dans le lit abandonné par eux : c'est ici que prend place l'invasion des Huns.

Ces peuples, refoulés eux-mêmes par les Tartares orientaux, se repliaient en masse vers l'Occident, une de leurs bandes prit sa route vers la Tauride.

C'étaient les barbares les plus féroces et les plus hideux que la Crimée eût encore vus. Leurs traits naturellement horribles étaient rendus plus effroyables encore par les usages terribles et bizarres dont ils se plaisaient à augmenter leur difformité de naissance : à des corps épais et ramassés, à des membres forts et trapus, ils joignaient une grosse tête avec des yeux petits et enfoncés, une bouche large et un teint livide. Par un raffinement de ce que l'on pourrait appeler la prétention de la laideur, à la naissance de leurs enfants ils leur aplatissaient le nez et leur couvraient le front et les joues de cicatrices tailladées symétriquement. Vêtus de la dépouille des bêtes sauvages, la tête couverte d'une calotte de cuir, ils combattaient sur des chevaux de petite taille mais d'une force et d'une agilité extraordinaires. L'arc et le sabre étaient leurs armes principales; comme les Gauchos des plaines du Mexique, ils y ajoutaient un lasso ou filet dont ils se servaient habilement pour envelopper leurs ennemis. Leurs femmes et leurs enfants les suivaient dans leurs migrations guerrières; mais les vieillards restaient en arrière ou le plus souvent se donnaient la mort, car chez ces barbares, comme chez beaucoup d'autres peuplades sauvages, la vieillesse était un objet de honte et de mépris. Leurs chariots, traînés par des bœufs, leur servaient de demeures; leur nourriture, aussi grossière que leurs habitations, consistait en racines crues et en chair de cheval mortifiée sous la selle; leur boisson de prédilection était un mélange fermenté d'eau et de lait de jument aigri, ils en buvaient avec passion et presque toujours jusqu'à l'ivresse; enfin, pour les peindre en quelques mots, leur férocité était si grande, leur abrutissement et leur difformité étaient tels, que longtemps après qu'ils eurent disparu les peuples qu'ils avaient désolés n'en parlaient encore qu'avec un effroi superstitieux, et les regardaient comme une race infernale issue du commerce impur des démons avec les sorcières de la Scythie.

Ces farouches conquérants descendirent sur la Tauride avec la rapidité d'un fleuve qui a rompu toutes ses digues; les Goths et les Alains, surpris, sans défense, disparurent emportés par les flots de cette marée montante qui s'étendit au nord jusqu'aux rives de la Baltique.

Leur roi était Attila, ce *fléau de Dieu* qui lançait ses farouches guerriers aveuglément, au hasard, contre les peuples que l'Éternel regardait dans sa colère, et qui se vantait que l'herbe ne repoussait plus aux lieux où son cheval avait passé. Un jour pourtant, au moment où il touchait presque aux bords de l'Atlantique, il trouva la mort aux champs Catalauniens, et avec lui s'écroula comme l'œuvre d'un jour son empire gigantesque formé par le glaive et cimenté par la violence. Les Huns, dispersés par la discorde, refluèrent vers les peuples qu'ils avaient entraînés sur leurs pas, mais la Tauride ne fut pas pour cela délivrée des barbares.

D'autres conquérants arrivent bientôt sur les traces des premiers; les *Ougres* ou *Igours* pénètrent dans la Chersonèse, où ils se maintiennent pendant deux longs siècles en dépit de tous les efforts des Goths Tetraxiles. La péninsule est bouleversée par les guerres intestines de ces nations parmi lesquelles la politique astucieuse des empereurs grecs s'efforce d'entretenir la haine et la jalousie.

Les *Ougres* disparaissent à leur tour; mais les barbares avaient appris le chemin de la fertile presqu'île : une invasion qui s'éloigne est remplacée toujours par une invasion qui arrive. Les Avares et les Géougues, tribus appartenant à la race turque, viennent à leur tour s'implanter, se heurter et se combattre sur le sol de la Crimée. Également foulés sous les pieds des vainqueurs et des vaincus, les malheureux peuples de ces contrées n'ont même pas le temps de respirer entre deux invasions. Épuisés, haletants, ils tournent dans leur douleur leurs regards suppliants vers les empereurs de Byzance, mais en vain ; ceux-ci ont bien assez de se défendre eux-mêmes contre le flot toujours montant de cette mer de barbares qui doit un jour les engloutir.

Il y eut pourtant un temps de repos, et les habitants de la Crimée commençaient à se croire délivrés pour toujours de ces fléaux dévastateurs, quand les Khazars débordent par l'isthme de Pérécop vers le milieu du septième siècle, refoulent les Goths dans les montagnes et fondent un empire puissant. Ces nouveaux barbares issus des Huns avaient été laissés par eux en Lithuanie, d'où ils avaient plus tard étendu leur domination sur de vastes et nombreuses contrées. Sous la loi de ces nouveaux maîtres, la Tauride change encore de nom et prend celui de Khazaria. Partout pendant cette période on voit régner sur le sol de la presqu'île la désolation, l'anarchie et la misère, résultat inévitable d'une suite non interrompue de conquêtes et d'usurpations. Le fertile État de Kherson est devenu lui-même un séjour si fâcheux, qu'il est alors désigné par les empereurs d'Orient comme un lieu d'exil où viennent tour à tour gémir plus d'un noble et illustre proscrit.

Parmi eux figurent au premier rang un pape, Martin Ier, et un empereur, Justinien II.

Martin était un pontife respectable et savant, mais il déplut à l'empereur Constance; et, malgré son rang, son âge et sa vertu, il fut traité par ce despote avec une cruauté inouïe. Malade, infirme, chargé de chaînes, il fut successivement traîné par ses bourreaux de la Calabre à Messine, de Messine à Constantinople, et enfin à Kherson; ce fut la dernière étape de l'exilé. Accablé par la maladie et les mauvais traitements, il finit par trouver dans cette ville un terme à ses maux et à son existence.

L'histoire de Justinien II est moins touchante, mais plus terrible. Ce monstre altéré de sang était surnommé le *Rhinotmète* depuis qu'à la suite d'une révolte qui l'avait précipité du trône le patrice Léontius lui avait fait couper le nez. Exilé à Kherson, il prit bientôt les habitants de cette ville en une haine implacable pour quelques railleries qu'ils s'étaient permises au sujet de sa mutilation. Le cœur altéré de vengeance, il déserta Kherson et se rendit auprès du khan des Khazars, qui l'accueillit d'abord avec bienveillance, et poussa l'intérêt jusqu'à lui donner sa sœur en mariage. Plus tard, gagné par l'or des ennemis de ce prince, le khan se disposait à le faire périr. Théodora sa femme lui sauva la vie. Il s'enfuit loin de son perfide beau-frère. Remonté depuis sur le trône de Byzance, ce prince voulut accomplir la vengeance qu'il méditait depuis longtemps contre Kherson; et il aurait détruit cette ville de fond en comble si elle n'eût imploré le secours des Khazars, qui furent assez puissants pour la protéger contre la colère du vindicatif empereur.

C'est vers cette époque que l'empire des Khazars atteint l'apogée de sa puissance; les empereurs d'Orient recherchent son alliance, et plusieurs mariages viennent resserrer les liens de l'amitié entre les khans et les successeurs de Constantin.

Mais, malgré leur puissance, les Khazars devaient avoir le sort des autres conquérants de la Crimée. D'innombrables cohortes émigrées de l'Asie viennent vers l'an 882 imposer à ce malheureux pays le joug d'un nouveau maître. Ces derniers venus étaient les *Patzinacs*, appelés encore *Petchénègues*, de race turque, barbares de mœurs nomades et sauvages comme les précédents, et dont l'histoire ultérieure est tout entière contenue dans celle du peuple russe.

La domination des Petchénègues ne dure que peu de temps; un autre peuple de même origine et parlant la même langue leur succède : ce sont les *Comans* ou *Kiptchaks*, désignés par les Russes sous le nom de *Poloutzes*. Leur invasion a lieu vers l'an 1000 de notre ère. Ces vainqueurs ne tardent pas à se confondre avec les Petchénègues vaincus, et paraissent être la souche des Nogaïs actuels. Ce fut sous leur empire que la Crimée devint de fait et de droit tout à fait indépendante des empereurs d'Orient.

La fin de cette désastreuse période, qu'on peut à bon droit appeler pour la Crimée l'ère des invasions, est caractérisée par l'apparition d'un nouveau peuple qui devait plus tard et à une époque de civilisation ramener pour ce malheureux pays les temps désastreux de la conquête des barbares; nous voulons parler de la présence des Russes en Tauride sous la conduite de Wladimir le Grand. Ce prince, après avoir poussé ses conquêtes jusqu'au pied du Caucase et dans les steppes de la Tauride, avait abjuré les faux dieux et s'était converti à la religion catholique grecque. Cette abjuration lui devint un prétexte pour s'emparer de Kherson : il prétendit qu'il trouverait dans les murs de cette ville des prêtres dont il avait besoin, et il alla les chercher à la tête d'une puissante armée. Il n'eut pas de peine à s'emparer de la ville, elle se rendit sans résistance; mais il ne la garda pas longtemps : il la remit bientôt après entre les mains de l'empereur de Byzance, dont il venait d'épouser la sœur.

Arrivés à ce point de l'histoire de Crimée, si nous nous arrêtons un instant pour jeter un regard en arrière vers la longue suite des siècles que nous venons de parcourir, nous ne voyons qu'un amas confus de peuples barbares qui se sont rués tour à tour sur ces fertiles contrées, ne laissant sur la terre conquise d'autres traces de leur passage que la destruction et la mort. Au milieu de tant de cruautés et de désordres un sentiment de dégoût et de tristesse s'empare de l'historien, il détourne ses regards avec horreur, heureux de pouvoir les porter sur une période plus heureuse, qui, après tant d'épuisement et de sang, vient enfin faire luire pour la Crimée des jours de repos et de gloire, et permettre à l'histoire d'enregistrer dans ses annales des faits d'une monotonie moins triste et moins fatigante que ceux qui nous ont occupés jusqu'ici.

Tout est relatif, et la période qui s'ouvre pour la Crimée avec l'invasion des Tartares peut être comparativement au moins considérée pour ce pays malheureux comme une époque de calme et de prospérité.

Ce fut vers l'an 1221 de notre ère qu'un grand mouvement d'impulsion fut donné par Genghis-Khan aux nations d'origine mongole, les Tartares et les Mongols proprement dits. Ces populations innombrables, qui erraient avec leurs troupeaux dans les steppes sans bornes qui s'étendent depuis les confins de la Sibérie jusqu'aux frontières de la Chine, se réunirent à la voix du grand chef qui les conviait au partage des richesses amoncelées dans Kiew et dans Byzance. L'ambitieux barbare sut mettre à profit un moment d'enthousiasme pour entraîner tous ces guerriers pasteurs loin des champs glacés que ni lui ni aucun de ses soldats ne devaient jamais revoir.

Le torrent guidé par Genghis-Khan lui-même passa loin de la Crimée, ses lieutenants seuls pénétrèrent dans la Russie et dans la péninsule. Touchi-Khan son fils acheva la conquête des possessions russes en Europe, et Bathou-Khan son petit-fils, avide de marcher sur les traces de son terrible aïeul, se jeta à son tour sur l'Europe à la tête de six cent mille hommes. La Russie, la Pologne, la Hongrie disparurent sous cette tempête d'hommes et de chevaux. La petite Tauride n'échappa pas davantage au fougueux conquérant, et bientôt elle se trouva comprise dans un nouvel empire, qui s'étendait du nord de la mer Caspienne aux bords du Dniéper, et prit le nom de *Kapt-*

chak. La ville d'Eski-Krim, l'ancienne Crimée, fut choisie pour résidence par le vainqueur et passa dès lors au rang de capitale.

Les princes du Kaptchak s'intitulaient khans de la horde dorée. Bientôt, pour récompenser leurs plus braves lieutenants ou doter leurs parents les plus chéris, ils divisèrent leurs conquêtes en plusieurs gouvernements qu'ils concédèrent en s'en gardant seulement la suzeraineté. C'était introduire dans la constitution du nouvel empire un germe fatal qui devait amener sa dissolution et sa ruine.

Quoi qu'il en soit, sous la domination de ces nouveaux maîtres la Crimée changea complétement de face. Les Tartares, qui professaient la religion de Mahomet, se montrèrent tolérants envers les populations soumises, et le commerce ne tarda pas à reparaître sur cette terre qu'il n'avait abandonnée qu'à regret. Quelques villes de la côte devinrent plus florissantes que jamais, entre autres Songdaïa ou Soldaïa, aujourd'hui Sondagh, qui acquit par ses relations une richesse et une importance telles qu'elle finit par donner son nom à tout le territoire que les Grecs possédaient encore en Crimée, lequel fut appelé Sougdaïa.

Cependant les navigateurs de la Méditerranée, marchands aussi habiles que politiques déliés, flairaient depuis longtemps dans la Crimée une riche proie facile à exploiter. Venise, Gênes et Pise, ces trois républiques de marchands gentilshommes, se disputaient alors l'empire de la mer et avaient commencé dès la fin du onzième siècle à tenter quelques opérations avec les peuples de la mer Noire. Les Génois se dirigèrent plus particulièrement vers la Tauride. D'abord ils se bornèrent à échanger les marchandises manufacturées de l'Europe contre les blés de la péninsule; mais bientôt, alléchés par les profits considérables qu'ils réalisaient dans ce commerce, ils aspirèrent à mieux et mirent tous leurs efforts à se créer un pied-à-terre sur le littoral afin de pouvoir étendre leurs relations dans l'intérieur et d'accaparer, s'il était possible, le monopole des pelleteries, du sel, des vins et des autres produits de cette fertile contrée.

Le tumulte causé par l'invasion des Tartares Mongols leur parut une occasion favorable de mettre leur projet à exécution. Une colonie, sous la conduite d'un Doria, vint débarquer sur les ruines de l'ancienne Théodosie à l'entrée du golfe qui s'enfonce entre la presqu'île de Kertch et la Crimée proprement dite. Comme Didon arrivant sur les plages de l'Afrique, les rusés Génois obtinrent, à l'aide d'un riche présent, la permission de construire. Ce furent d'abord quelques magasins pour servir d'entrepôts à leur marchandises; puis bientôt ils s'étendirent à petit bruit au delà du terrain qui leur avait été concédé, creusèrent autour de leurs magasins des fossés destinés uniquement, disaient-ils, à défendre leurs riches dépôts contre la violence d'un coup de main toujours à craindre dans un pays infesté de vagabonds et de pillards. Petit à petit ces fossés se hérissèrent de bastions et de remparts, à l'abri desquels surgit une ville puissante. C'était Caffa. Le Tartare trompé se réveilla de sa longue incurie, il cria à l'usurpation, mais il était trop tard, l'ennemi avait grandi démesurément. Les Génois comme la lice de la fable montrèrent les dents à leurs bienfaiteurs. Il fallut leur laisser Caffa.

Cette ville bâtie par surprise devint bientôt, grâce à l'active industrie de ses habitants, une cité aussi riche que populeuse. Vingt ans lui suffisent pour s'élever à un tel degré de prospérité, qu'elle est assez puissante pour envoyer des galères au secours de Tripoli en Syrie, alors serrée de près par les ennemis de la chrétienté. Au dire des historiens de cette époque, cette ville ne comptait pas moins de quarante mille maisons. Depuis la conquête par les Russes, ses destinées se sont bien amoindries; car aujourd'hui Caffa n'est plus qu'une ombre de cité, un amas de décombres qui ne renferme pas plus de quatre mille habitants.

Gênes sentait tout le prix d'une acquisition si importante et faisait des efforts constants pour conserver et accroître une colonie dont elle tirait des avantages immenses. Chaque année elle y envoyait un consul choisi dans les familles les plus considérées de la république; un proconsul accompagnait toujours ce magistrat éminent, qu'il était chargé de remplacer en cas de décès. Plus tard la métropole, sentant pour sa colonie le besoin d'une organisation plus complète, institua l'office de *khazaria* et celui de *campagna*. Le premier résidait à Gênes, d'où il surveillait de haut l'administration coloniale; le second, établi à Caffa même, jugeait les contestations survenues entre Génois et Tartares. Il faut dire à la gloire de ces derniers magistrats que plusieurs d'entre eux se montrèrent si éclairés et si intègres, qu'en maintes circonstances les Tartares vinrent soumettre à leur décision les contestations qui s'élevaient entre eux.

Mais la rivale de Gênes, l'altière Venise, ne put voir longtemps d'un œil d'indifférence la prospérité de la nouvelle colonie. En 1296 elle envoya contre Caffa une flotte composée de vingt-cinq galères qui mirent la colonie à feu et à sac. L'ouvrage de plusieurs années fut détruit en quelques heures. Les Vénitiens cependant ne jouirent pas longtemps de leur conquête. L'hiver fut si violent cette même année et sévit contre eux avec tant de rigueur, que la famine les eut bientôt décimés et qu'ils se virent forcés de fuir devant ce terrible auxiliaire des Génois. Ceux-ci reprirent ainsi possession de leur colonie dévastée et s'appliquèrent avec tant de soins à réparer le désordre de cette année fatale, qu'en peu de temps Caffa se releva de ses ruines plus riche et plus florissante que jamais.

Pendant ce temps la Crimée avait été détachée du grand empire du Kaptchak; Manghou-Khan l'avait cédée à son neveu Oran, à titre de fief, et ne s'en était réservé que la suzeraineté avec un tribut. La bonne intelligence ne se maintint pas longtemps entre les Génois et les nouveaux monarques. Les fiers républicains traitaient les princes tartares avec le mépris que les peuples civilisés ont de tout temps témoigné aux barbares. Ceux-ci, de leur côté, ne supportaient qu'avec impatience l'insolence de ces marchands, qui ne s'étaient introduits chez eux qu'à l'aide d'un vil stratagème. Dans un pareil état de choses, la guerre était imminente; elle éclata à la suite d'un meurtre commis par un Génois sur la personne d'un Tartare. Le khan, résolu à tirer une vengeance éclatante de cet assassinat, signifia aux Génois l'ordre d'évacuer immédiatement tous leurs établissements sur une terre qui n'était point à eux. La réponse à cet ordre altier est facile à deviner, elle fut telle, que le Tartare pour soutenir l'orgueil de ses prétentions, crut devoir s'avancer jusque sous les murs de Caffa à la tête d'une puissante armée. Mais son espoir de s'emparer de cette place fut cruellement déçu; non-seulement il ne put emporter la ville ni par assaut ni par blocus, mais la résistance des colons fit durer le siége si longtemps que la disette et la maladie se mirent dans sa propre armée et qu'il dut s'estimer heureux d'accepter la médiation de Gênes pour régler la paix entre lui et la colonie. Cette paix ne pouvait qu'être onéreuse pour les Tartares, qui se virent contraints de consacrer par une reconnaissance authentique l'usurpation des colons liguriens.

A dater de cette époque, les Génois deviennent tout-puissants en Crimée; ils s'emparent successivement de Songdaïa et de Cimbalo (depuis Balaklava), s'affranchissent du tribut qu'ils payaient aux Tartares, et se montrent si habiles à profiter des dissensions intestines qui s'élèvent entre les princes de cette nation, que pendant une certaine période les khans ne sont élus et déposés qu'avec leur agrément. Pour tout dire en un mot, leur prépondérance devint telle dans la Crimée, que pendant quelque temps la ville de Caffa imposa son nom à la péninsule.

Mais cette riche colonie était destinée à périr comme tant d'autres empires par l'excès même de sa puissance. Continuellement froissés par l'orgueil indomptable des Génois, et lésés dans leurs intérêts les plus chers par des injustices et des exactions sans nombre, les Tartares se révoltèrent en 1575 contre leur khan Menguély-Ghéraï, qui protégeait cette avide colonie, et appelèrent les Turcs à leur secours. C'était pour ceux-ci l'occasion depuis longtemps cherchée de mettre le pied en Crimée, ils n'eurent garde d'y manquer. Une armée et une flotte turques vinrent mettre le siége devant Songdaïa et Caffa; les deux villes furent prises, et avec elles tomba la puissance génoise en Crimée. Les Tartares, instigateurs de cette révolution, y gagnèrent cependant peu de chose, les Turcs mirent garnison dans les villes conquises et devinrent bientôt pour eux des alliés plus incommodes et plus à craindre que ne l'avaient été leurs anciens ennemis.

L'histoire épisodique de Caffa nous a fait négliger celle du Kaptchak et des descendants de Bathou-Khan, nous y revenons. Déjà affaibli par les dissensions intestines et par les révoltes des grands feudataires dont nous avons plus haut signalé la création, ce vaste État se trouva sans force pour résister à l'invasion de Tamerlan. En 1406, son dernier khan, du nom de Tektamisch, fut renversé du trône par l'invincible conquérant, et des débris de son empire se formèrent trois gouvernements indépendants: le khanat de Kasan, celui d'Astrakan et celui de Crimée. Cette division violente ne s'opéra pas sans de grands troubles chez les Tartares de la péninsule. L'anarchie était à son comble, plusieurs prétendants à la souveraineté se présentaient à la fois; le peuple flottait dans l'incertitude; chacun avait ses partisans; une lutte devenait imminente, le sang allait couler. En ce moment critique se passa une de ces scènes, pleines à la fois de simplicité et de grandeur, auxquelles on ne trouve rien d'analogue que dans les époques bibliques. Un berger nommé Ghéraï vint trouver les chefs assemblés, qu'il conduisait avec lui un jeune homme de dix-huit ans, Hadjy, qu'il leur présenta comme le dernier descendant de Bathou-Khan et de Tektamisch. Persécuté par les ambitieux qui avaient intérêt à sa mort, ce jeune rejeton d'une race illustre n'avait dû sa conservation qu'à la pitié du pauvre pâtre. Les chefs hésitaient encore, mais le peuple toujours ami du merveilleux, vit dans cette suite d'événements la trace du doigt de Dieu et déclara hautement qu'il ne voulait pas d'autre souverain que le jeune Hadjy. Celui-ci fut donc proclamé, et par reconnaissance pour son bienfaiteur il prit le nom de Ghéraï. Ce prince devint le chef d'une dynastie souveraine qui ne cessa de donner des khans à la Crimée jusqu'au jour de sa conquête par les Russes.

Quant au berger, il devint dans l'État un personnage éminent, reçut des titres de noblesse et fut la souche d'une famille illustre connue dans les fastes de la Crimée sous le nom de Tshaban-Ghéraï.

Les successeurs de Hadjy-Ghéraï ne surent pas conserver intacte la puissance qu'ils avaient reçue de leur auteur. Nous avons déjà dit par quel concours de circonstances les Turcs se trouvèrent appelés en Crimée; à dater de cette époque le gouvernement ottoman exerça la plus grande influence sur les destinées de ce pays. Cependant les khans de Crimée furent encore pendant longtemps plutôt les alliés que les sujets de la Porte. Mais en 1584, Mahomet-Ghéraï ayant osé désobéir au Grand Seigneur, le sultan Murad nomma un autre khan et envoya son grand vizir à la tête d'une puissante armée pour punir la désobéissance de Mahomet et faire reconnaître le nouveau souverain. Les Turcs l'emportèrent, et depuis cette époque les khans devinrent entièrement soumis aux caprices du Grand Seigneur, qui s'arrogea le droit de les élever et de les déposer à son gré. La Porte usa cependant toujours de son pouvoir avec modération et manqua rarement d'avoir égard à la recommandation du khan, qui prenait soin avant de mourir de désigner son successeur.

L'histoire des khans de la famille Ghéraï n'offre guère pendant plusieurs siècles qu'une suite monotone de guerres sans éclat comme sans résultat définitif avec les Polonais, les Russes et les Tartares du Kaptchak. A chaque avénement, le nouveau khan allait à Constantinople recevoir l'investiture de ses fonctions de la main du Grand Seigneur, qui quelquefois destituait le prince régnant et lui substituait un autre souverain pris également dans la dynastie des Ghéraï.

Malgré leur dépendance du Grand Seigneur, tous les khans de Crimée ne régnèrent pas sans éclat; l'on en compte plusieurs qui, tout en défendant bravement leurs frontières contre l'ambition de leurs voisins, occupèrent encore les loisirs que leur laissait la guerre à protéger les arts, à encourager l'agriculture et le commerce, et ne négligèrent rien de ce qui pouvait hâter la civilisation de leurs peuples.

Parmi les khans qui se signalèrent par leurs vertus il faut citer Ghari-Ghéraï et Islam-Ghéraï, renommés à bon droit tant par leurs talents guerriers que par la vénération qu'ils surent inspirer aux peuples dont ils firent les délices. Mais le plus célèbre est sans contredit Hadjy-Sélim-Ghéraï.

Sous le règne de ce prince, la guerre éclata entre le sultan et l'empereur d'Allemagne. Mis à la tête des armées ottomanes, le brave Tartare battit dans une seule campagne les Autrichiens, les Polonais et les Moscovites, sauva l'étendard de la religion prêt à être enlevé, et releva par ses victoires la fortune un instant abattue du sultan de Stamboul. Les janissaires enthousiastes voulurent le porter au trône; mais le noble guerrier, refusant de souiller sa gloire par une trahison, apaisa la révolte des janissaires et demanda pour unique récompense au sultan, dont il avait deux fois sauvé la couronne, la permission de faire le pèlerinage de la Mecque, faveur jusqu'alors refusée à ses prédécesseurs par des sultans jaloux qui craignaient de voir un prestige de sainteté s'attacher à des princes déjà si illustres par leur naissance. De retour de ce pieux voyage, d'où il rapporta le titre de hadjy (pèlerin), le prince tartare ne cessa de jouir de la plus grande considération en Turquie, et mourut plein de jours et de gloire après que la Porte lui eut solennellement promis en récompense de ses services que ses descendants seuls pourraient être élevés au trône de Crimée : ce qui fut depuis exactement observé.

Les khans de Crimée obtinrent encore d'autres avantages de la reconnaissance du Grand Seigneur. Ils eurent le droit d'arborer cinq queues pour étendard et d'être nommés après le sultan dans les prières publiques. Depuis cette époque également les sultans déclarent à leur avénement au trône que si leur race vient à s'éteindre, celle de Ghéraï doit être appelée à la remplacer.

Le dévouement et la fidélité semblent s'attacher au nom de Sélim. En effet, Sélim-Ghéraï II, trente-deuxième khan, sauva Constantinople et son souverain d'une perte à peu près assurée. Une disette affreuse désolait la capitale de l'empire ottoman, tout allait y périr de misère et de faim sans le zèle généreux de Sélim, qui y envoya spontanément plusieurs navires chargés de blé.

On rapporte de ce prince un trait bizarre, qui peint assez bien les mœurs de la Crimée à cette époque. La Circassie était alors soumise aux khans, mais son vasselage se bornait à un tribut de trois cents jeunes esclaves des deux sexes offerts à chaque nouveau règne. Sélim résolut de se faire payer sept cents esclaves au lieu de trois cents. Lorsque les députés tcherkesses vinrent à son avénement au trône lui offrir leurs hommages, il les reçut avec une extrême bienveillance, les traita splendidement, et ne les renvoya qu'après leur avoir offert quelques légers présents que ces montagnards reçurent avec une grande joie. Mais l'année suivante, Sélim, sous un prétexte qu'il inventa, convoqua les nobles tcherkesses à sa cour. Ceux-ci se souvenant de ses bons traitements accoururent en foule pleins de confiance. Sélim jetant alors le masque les retint prisonniers, et ne les relâcha qu'après avoir reçu les sept cents esclaves qu'il désirait. Cette lâche trahison ne bénéficia pas à son auteur, car elle devint plus tard un des prétextes invoqués par la Porte pour justifier la déposition de ce prince qui eut lieu quelques années après.

Comme on le voit, les khans de Crimée ne se piquaient pas toujours de bonne foi; ils avaient aussi conservé des habitudes originaires de leurs steppes asiatiques le goût des aventures et du pillage. Leurs invasions souvent répétées sur le territoire russe servirent à l'impératrice Anne de raison ou de prétexte pour déclarer la guerre au Grand Seigneur comme suzerain de la Crimée. Sur les ordres de cette princesse le maréchal Munich pénétra dans la presqu'île en

1736, et y mit tout à feu et à sang. Qu'ques mois après un autre général russe, le maréchal de Lasci, brûla la ville de Carazoubazar, ainsi qu'un grand nombre de villages tartares. Ce même général rentra en Crimée au printemps de l'année suivante; mais les dévastations de la dernière campagne avaient été telles, que son armée ne put trouver aucun moyen d'existence dans ce pays désolé, et il se vit forcé de rétrograder. Les Russes ne se retiraient que pour revenir, et l'on put dès lors prévoir que la Crimée ne tarderait pas à devenir une des provinces de l'empire des czars.

La guerre, suspendue pendant quelques années, se ralluma bientôt avec une fureur nouvelle entre les Turcs et les Russes. La Russie était alors gouvernée par une femme extraordinaire, dans laquelle s'alliaient, d'une façon à la fois étrange et grandiose, la barbarie du Nord et la civilisation de l'Occident, les vices les plus honteux et les vertus les plus nobles, toutes les faiblesses de son sexe jointes aux qualités éminentes qui font les grands hommes et les grands souverains. Cette femme, est-il besoin de la nommer, c'était Catherine II.

Héritière à la fois du trône et du génie de Pierre Ier, cette princesse, ambitieuse de puissance autant que de gloire, osa rêver la réalisation des vastes desseins que Pierre Ier avait tracés dans son testament, quand il avait indiqué à ses successeurs la conquête de Constantinople comme le but constant de tous leurs efforts. Le célèbre Potemkin, son favori, l'encourageait dans ses audacieux projets. L'envahissement de la Crimée fut résolu par la cour de Saint-Pétersbourg: c'était une première étape sur la route de la conquête, une sentinelle avancée; c'était surtout la domination de la mer Noire, avec la perspective d'une flotte qui pouvait mettre un jour la Russie au rang des grandes puissances maritimes.

L'impératrice n'attendait que le moment favorable de mettre le pied en Crimée, l'occasion se présenta bientôt d'elle-même. Sélim-Ghéraï III fut déposé par le sultan, il courut chercher un refuge sur le territoire russe. La Russie était déjà en guerre avec la Turquie, mais la Crimée semblait être en dehors de la question; et Catherine, tout en ne pensant pas qu'il fût encore temps de dévoiler ses projets ambitieux, voulait cependant faire un pas de plus dans la domination de cette contrée, en s'arrogeant la prérogative d'y nommer des khans. Une armée russe, sous les ordres du prince Dolgorouky, envahit la Crimée, sous prétexte de la soustraire à la tyrannie des Turcs; et quand l'armée d'invasion fut maîtresse de tout le territoire, Catherine, qui voulait paraître user de modération, se borna à placer sur le trône, avec le consentement des Tartares, le jeune Saheb-Ghéraï.

Les Tartares eurent un moment d'illusion; ils se crurent libres, car, après que le nouveau souverain, d'accord avec la nation, eut renoncé à toute relation avec la Porte, le royaume de Crimée fut déclaré indépendant sous la protection de la Russie. On sut bientôt ce que valait cette protection. L'année suivante Saheb payait l'alliance de l'impératrice par la cession des villes de Kertch, de Iénikalé et de Kilbouroun sur le Dniéper.

Cette élection ne pouvait manquer d'être contestée par les Turcs. Mustapha II, qui régnait alors à Constantinople, voulut rompre la nouvelle alliance : non-seulement il refusa l'investiture à Saheb, mais encore il nomma successivement plusieurs khans à sa place; mais ne se trouvant pas en mesure de les soutenir il tenta une réconciliation avec Saheb, qui pour cette intrigue fut en disgrâce à la cour de Pétersbourg. Son frère Dwelet fut nommé à sa place. De nouvelles intrigues détachèrent encore celui-ci du parti de la Russie, qui réintégra Saheb sur le trône. Enfin, après bien des combats et des conférences diplomatiques, la paix fut conclue en 1784, entre la Turquie et la Russie, par le traité de Kaïnardji, qui fixait en même temps l'indépendance de la Crimée. Par ce traité, la Russie restait maîtresse de Kertch, de Iénikalé, de Kilbouroun, et la Porte lui permettait la libre navigation de la mer Noire ainsi que de toutes les mers dépendantes de l'empire ottoman. Comme nous venons de le dire on y stipula l'indépendance des Tartares de Crimée avec la liberté de se choisir un souverain parmi les descendants de Genghis-Khan : réservant toutefois au Grand Seigneur la suprématie spirituelle et les droits dévolus aux califes, ainsi que l'investiture du khan. Celui-ci jouissait de tous les droits régaliens, y compris celui de battre monnaie; mais cette monnaie devait être frappée au coin du sultan suzerain.

Cependant un parti nombreux restait à Dwelet-Ghéraï. Ce prince sut profiter des circonstances. Les Tartares, déjà désabusés des avantages de l'alliance russe, étaient furieux contre leur nouveau souverain, qui avait consenti à livrer à des étrangers les principales villes de la Crimée; il ne fut pas difficile d'exciter une révolte. Saheb s'enfuit, et Dwelet-Ghéraï, rétabli khan par les Tartares, ne tarda pas à recevoir du Grand Seigneur les marques de son investiture.

Saheb, retiré à Roderto, dans la Romélie, avec une pension que lui payait le sultan, ne songeait plus à faire valoir ses droits au trône. Plus ambitieux que lui, Chahyn-Ghéraï, son frère, s'en empara. Ce prince, qui ne manquait ni de talents ni de valeur, souleva les Nogaïs du Kouban et s'avança à la tête d'une armée de quarante mille Tartares. Dwelet rassembla ses forces et vint présenter la bataille à son rival.

La Porte, pas plus que la Russie, ne pouvait demeurer spectatrice impassible d'une lutte qui les intéressait à un si haut point; l'une et l'autre désiraient un prétexte pour rompre le traité de Kaïnardji, mais aucune ne voulait se donner le tort de la première violation. La Russie fit passer sous-main des secours de toute nature à Chahyn, la Turquie en fit autant à l'égard de Dwelet. Les deux partis en vinrent aux mains dans l'île de Taman. Chahyn remporta une victoire complète. Le vaincu s'enfuit à Constantinople pour y solliciter des secours; mais Catherine ayant fait avancer une armée sous prétexte de surveiller l'observation du traité de Kaïnardji, la Porte, qui se sentait trop faible pour résister ouvertement, abandonna Dwelet et confirma Chahyn. De la sorte, et par une concession commune, la paix fut sensée n'avoir pas été rompue entre la Russie et la Turquie.

Cependant la Russie n'avait élevé Chahyn-Ghéraï au pouvoir que pour en faire l'instrument de ses desseins ambitieux.

Ce prince paraissait dans les bonnes grâces de l'impératrice, mais elle ne le comblait de caresses et de bienfaits que pour mieux le sacrifier. Quant à lui, d'un caractère doux et faible, plein de franchise et de loyauté, il était loin de soupçonner les desseins de ses perfides alliés. Il aimait les nouveautés et les arts d'Europe, on flatta ses goûts, on lui procura les jouissances de la mollesse et les raffinements du luxe. Il dédaigna bientôt les mœurs de son pays, revêtit le costume de la garde russe, dont l'impératrice l'avait nommé commandant, et affecta de promener sa nonchalance dans une élégante berline venue à grands frais de Saint-Pétersbourg. Son goût pour les réformes ne se borna pas là : il afferma les revenus de ses États à des fermiers avides, et ferma l'oreille aux murmures excités par leurs exactions. En un mot il mécontenta à tel point ses sujets, que des partis se formèrent contre lui.

La Russie, qui avait besoin d'un prétexte pour rentrer une nouvelle fois en Crimée, n'épargna ni son or ni ses provocations pour lui susciter des ennemis. Il s'en trouva dans la propre famille du khan. Deux de ses frères, dont l'un nommé Batti-Ghéraï était gouverneur du Kouban, tentèrent de le surprendre dans la ville de Caffa, où il résidait, et le forcèrent de se réfugier à Taganrok. C'était le moment attendu par Catherine. Sous prétexte de secourir le prince dont elle a si traîtreusement combiné la perte, elle fait entrer une armée en Crimée. Potemkin y vole lui-même et son nom suffit pour en imposer à Batti-Ghéraï, qui lui envoie dire qu'il se démet volontairement du pouvoir qu'il avait usurpé.

Le khan Chahyn-Ghéraï rentra alors dans ses États, et ayant rassemblé la plus grande partie des chefs tartares, il leur livra treize des principaux rebelles, qui furent immédiatement mis à mort. Puis, se présentant lui-même aux mirzas réunis, entre ses deux frères, naguère ses rivaux : « Voilà, dit-il, mes deux frères et moi, lequel voulez-vous d'entre nous pour vous gouverner, nommez-le librement, je souscrirai à votre décision. »

Tous les Tartares jurèrent qu'ils ne voulaient d'autre khan que Chahyn-Ghéraï.

La Russie avait compté sur une révolte plus longtemps prolongée; mais, quoi qu'il en fût, ses projets étaient arrêtés, la Crimée devait être envahie.

L'impératrice fit de grands préparatifs de guerre et renforça surtout ses armées dans la Pologne et dans l'Ukraine. Ensuite elle chargea ses ministres à Constantinople de demander au sultan des avantages beaucoup plus considérables que ceux qui avaient été stipulés par les traités, et d'obliger le divan à promettre que quel que fût désormais le sort de la Crimée, il ne s'en mêlerait pas. Elle fit plus, elle engagea l'imprudent Chahyn-Ghéraï à demander la cession d'Olzakoff.

Le divan fut indigné; mais trop faible pour résister, il se contenta de murmurer sans combattre. Cependant un bacha fut envoyé prendre possession de l'île de Taman. Chahyn-Ghéraï, toujours poussé par les Russes, dont il ne connaissait point encore les projets, fit sommer le bacha de se retirer. Au lieu d'obéir, le bacha irrité fit trancher la tête à l'envoyé du khan. Les Russes, feignant un grand courroux, demandèrent à Chahyn un passage sur ses terres pour aller, disaient-ils, venger dans le sang des Turcs la dignité de la couronne outragée. Mais à peine entrés dans ses États, au lieu de marcher sur Taman, ils se déployèrent et se répandirent dans la péninsule, dont ils s'emparèrent aisément. Caffa, où résidait le khan, fut surprise sans défense; les mirzas et les autres principaux Tartares furent contraints de prêter serment d'obéissance à l'astucieuse Catherine.

Pendant ce temps Souvarow soumettait les Tartares du Kouban, et Potemkin, qui s'était avancé plus avant encore, recevait la soumission du sultan Batti-Ghéraï et des hordes à demi barbares qui errent dans ces vastes contrées.

Fidèles à leur double rôle, les Russes continuaient toujours à flatter le malheureux Chahyn et lui promettaient une pension de huit cent mille roubles. Mais ce prince et son pays n'en restaient pas moins sous le joug.

Quoique cette invasion eût été accomplie contre tous les droits des peuples et à l'abri des noms sacrés de l'équité vengeresse et de l'amitié protectrice, Catherine ne craignit pas de publier un manifeste pour justifier aux yeux de l'Europe la spoliation de l'infortuné

Chahyn-Ghéraï, et pour accuser les Turcs d'avoir rompu les traités qu'elle venait d'enfreindre avec une si perfide audace.

Cette pièce serait demeurée dans l'histoire comme un modèle inimitable d'astuce et d'impudence si dans ces derniers temps et dans des circonstances presque analogues le petit-fils de cette même Catherine, l'empereur Nicolas, czar de toutes les Russies, n'avait égalé sinon surpassé son aïeule par les manifestes qui ont donné au monde entier la mesure de la loyauté de la politique russe.

Nous ne résisterons pas au plaisir de citer quelques fragments de ce machiavélique document.

« Notre dernière guerre contre l'empire ottoman, dit l'impératrice, ayant été suivie des succès les plus signalés, nous avions certainement le droit de réunir la Crimée à notre empire. Mais nous n'hésitâmes pas à sacrifier cette conquête et beaucoup d'autres à l'ardent désir de rétablir la tranquillité publique et d'assurer la bonne intelligence et l'amitié entre notre cour et la Porte Ottomane. Ce fut ce motif qui nous détermina à stipuler la liberté et l'indépendance des Tartares que nos armes avaient soumis, espérant par ce moyen écarter pour jamais toute cause de dissension et de froideur entre la Russie et la Porte.

» Mais, quels qu'aient été nos sacrifices et nos espérances pour atteindre ce but, nous avons vu bientôt à notre grand regret nos espérances dissipées. L'inquiétude naturelle aux Tartares fomentée par des insinuations dont la source ne nous est pas inconnue est cause qu'ils sont aisément tombés dans un piége tendu par des mains qui avaient semé parmi eux le trouble et la division, de sorte qu'on les a vus travailler à affaiblir et à miner l'édifice que nos soins bienfaisants avaient élevé pour leur bonheur en leur procurant la liberté et l'indépendance sous l'autorité d'un chef élu par eux-mêmes.

» L'amour de la paix nous faisait trouver dans notre conduite une suffisante récompense des grandes dépenses que nous avions faites. Mais nous avons été bientôt dissuadée par la révolte qui a eu lieu en Crimée l'année dernière et les encouragements qu'elle a reçus de la même source que les premiers. Nous avons en conséquence été forcée d'avoir recours à des armements considérables, et nous avons fait entrer nos troupes dans la Crimée et le Kouban, où leur présence était devenue indispensable pour maintenir la tranquillité et le bon ordre dans la contrée voisine. . . . .

La nécessité où nous sommes de rester toujours armée nous a occasionné de grandes dépenses et a exposé nos troupes à d'inévitables et continuelles fatigues.

» La perte des hommes ne peut être appréciée et nous n'entreprendrons pas de l'estimer, mais la perte en argent doit suivant les calculs les plus modestes être évaluée à plus de douze millions de roubles.

» Animée par un désir sincère de confirmer et de maintenir la dernière paix signée avec la Porte en supprimant les disputes continuelles que produisent les affaires de Crimée, nous croyons que ce que nous devons à nous-même et à la sûreté de notre empire exige également que nous prenions une fois pour toutes la ferme résolution de mettre fin aux troubles de la Crimée. Aussi nous réunissons à notre empire la péninsule de Crimée, l'île de Taman et tout le Kouban comme une juste indemnité des pertes que nous avons souffertes et des dépenses que nous avons faites pour maintenir la paix et le bonheur. »

En terminant son manifeste, l'impératrice promit aux Tartares la liberté de religion, et les invita à imiter le zèle, la soumission et la fidélité des peuples qui avaient depuis longtemps le bonheur de vivre sous son gouvernement.

La Crimée était conquise.

L'année suivante (1784) la Turquie, qui avait fait mine de combattre, signa avec les Russes à Constantinople un nouveau traité de paix en vertu duquel l'impératrice conserva la souveraineté de la Crimée, de l'île de Taman et d'une grande partie du Kouban. La Turquie lui reconnut également le droit qu'elle prétendait avoir incontestablement sur la mer Noire et au passage des Dardanelles.

Ainsi Catherine par ce seul traité acquit presque sans avoir combattu un vaste territoire et plus de quinze cent mille nouveaux sujets.

Maîtresse de la Crimée et du Kouban, l'impératrice leur rendit leurs anciens noms : la Crimée redevint la Tauride et le Kouban fut désormais le Caucase.

L'altière souveraine fière de ses nouvelles conquêtes, voulut les connaître par elle-même; mais avant de partir pour ce voyage, elle envoya à Constantinople un ambassadeur extraordinaire pour prévenir le sultan de ses projets à cet égard. Le divan en parut inquiet et se prépara à la repousser. Tandis que l'impératrice était à Kherson, quatre vaisseaux de ligne turcs et seize frégates vinrent mouiller à l'embouchure du Borysthène, mais ce fut tout, et cette vaine démonstration n'eut même pas pour effet de troubler un instant la tranquillité de l'illustre voyageuse.

Potemkin accompagnait sa maîtresse, c'est dire que rien ne fut épargné dans ce voyage à jamais célèbre de tout ce qui pouvait flatter l'orgueil de la souveraine. De toutes les parties de l'empire où fit venir de l'argent, des vivres et des chevaux ; les grands chemins furent illuminés ; on couvrit le Borysthène de galères magnifiques ; cent cinquante mille soldats furent armés et équipés à neuf ; on assembla les Cosaques, on disciplina les Tartares ; la nudité des plaines de la Crimée fut déguisée par des villages bâtis exprès ; des chaînes de montagnes furent illuminées ; de belles routes furent ouvertes par l'armée ; des bois sauvages furent transformés en jardins anglais. Le roi de Pologne vint rendre hommage à celle qui l'avait couronné et qui depuis le détrôna. L'empereur Joseph II lui-même accompagna la marche triomphale de l'impératrice.

Quant aux habitants de la Crimée, dominés par la crainte de Potemkin et de ses soldats, ils reçurent l'impératrice comme leur souveraine légitime. Les principaux mirzas vinrent lui rendre hommage et leurs troupes se livrèrent devant elle à différentes évolutions ; il y eut même un moment où tout à coup mille Tartares à cheval entourèrent la voiture et lui servirent d'escorte. Joseph, qui était à côté de l'impératrice, témoigna quelque inquiétude de cette manœuvre, à laquelle il n'était point préparé ; mais Catherine le rassura en souriant, soit qu'elle eût été prévenue, soit plutôt que l'âme de cette femme extraordinaire fût inaccessible à la crainte. D'ailleurs il n'y avait rien à redouter, c'était une nouvelle galanterie de Potemkin. Les Tartares n'avaient probablement aucun mauvais desseins, et quand bien même ils en auraient eu, il n'eussent point osé les exécuter, n'ignorant pas que le terrible favori de Catherine avait près de là une armée formidable.

L'impératrice entra avec pompe dans Bastchiseraï et logea avec sa suite dans le palais des khans. Les Tartares devaient être furieux de voir une souveraine étrangère et chrétienne violer la demeure de leurs anciens chefs, mais elle calma tous les ressentiments par sa bienveillance et ses libéralités. Elle assigna des fonds pour bâtir des mosquées et distribua aux mirzas des présents considérables. Les mirzas lui témoignèrent le plus grand dévouement.

Le malheureux Chahyn-Ghéraï n'était plus en Crimée lorsque l'impératrice y alla après l'avoir dépouillé de sa puissance. Potemkin le retint quelque temps auprès de sa personne à Kherson, où cet imprudent Tartare portait l'uniforme des gardes Préobajinsky et se parait du cordon d'un ordre russe. Ensuite on le relégua à Kalouga, on cessa de payer sa pension, et on le laissa dans le plus entier dénûment. Il fut enfin forcé d'abandonner sa terre natale pour se jeter dans les bras des Turcs, ses plus mortels ennemis si les Russes ne l'avaient pas été.

Il se retira d'abord en Moldavie, où un capighi-bachi et l'hospodar lui conseillèrent longtemps en vain de se rendre à Constantinople. Le colonel de Witt, agent russe servilement dévoué à Potemkin, vint joindre ses sollicitations à celles du capighi-bachi. Mais Chahyn-Ghéraï résista : il pressentait sans doute le sort funeste qui l'attendait. Enfin on s'empara de sa personne, et on le transporta dans l'île de Rhodes. Là Chahyn-Ghéraï se sauva chez le consul de France, auquel les Turcs s'empressèrent de le redemander. Le consul, croyant qu'on n'oserait pas violer son asile, eut le noble courage de ne pas vouloir rendre celui qui s'était mis sous sa protection. Mais on le menaça de brûler sa maison ; et, saisissant l'instant où il en était sorti, on enleva de dessus la porte les armes de France, qu'on alla attacher à une maison voisine, puis, après avoir fait irruption dans le consulat, on s'empara de l'infortuné khan, qu'on étrangla. Ceci se passait en 1787. Ainsi finit misérablement le dernier khan de Crimée ; mais la race des Ghéraï n'est point éteinte, et peut-être qu'elle entrevoit déjà l'aurore d'un jour meilleur par delà les événements dont l'avenir n'est pas moins gros que le présent.

L'histoire de la Crimée touche à sa fin, nous n'avons plus que quelque mots à y ajouter. Lasse enfin de tant de pertes et d'outrages, la Porte fit de longues et courageuses tentatives pour recouvrer ses provinces perdues, et entre autres la Crimée. Mais la Russie était la plus forte, et cette guerre ne servit qu'à consolider sa puissance en amenant le traité de Yassi signé en 1792 par le prince Repnin et le grand vizir, traité par lequel toutes les incertitudes se trouvèrent fixées désormais au bénéfice de la Russie. Le traité de 1787 fut confirmé en ce qui concernait la Crimée.

L'instigateur et le héros de ces guerres, Potemkin, n'eut point l'avantage de conclure la paix de la Russie avec la Porte Ottomane. Il s'était rendu au congrès de Yassi ; mais bientôt, attaqué par la fièvre épidémique qui y régnait, il ne put s'occuper que fort peu des négociations. Dès que l'impératrice apprit qu'il était malade, elle lui envoya les deux meilleurs médecins de Saint-Pétersbourg. Il dédaigna leurs conseils et ne voulut suivre aucun régime. Intempérant à l'excès, il mangeait à son déjeuner une oie entière avec un aloyau ou un jambon, buvait une quantité prodigieuse de vin ou d'eau-de-vie de Dantzig, et dînait ensuite avec le même appétit.

Voyant que sa maladie faisait de rapides progrès, il crut qu'il guérirait en s'éloignant de Yassi, et résolut de se rendre à Nikolaëff, ville qu'il avait fondée au confluent de l'Ingoul et du Bogh. Il partit. A peine il avait fait trois lieues, qu'il se trouva plus mal. Il descendit de voiture au milieu du grand chemin, et mourut sous un arbre dans les bras de la comtesse Branika sa nièce favorite.

Aussitôt après la mort de Potemkin, on transporta son corps à Kherson, où il fut placé provisoirement sous le dôme d'une petite église dépendante de la forteresse, vis-à-vis l'autel. L'impératrice Catherine avait manifesté l'intention d'ériger un magnifique monument à la mémoire de son ancien favori, qui fut si longtemps son premier ministre. La mort ne lui permit pas de mettre ce dessein à exécution, et la réaction exercée par son successeur Paul contre le système de sa mère et surtout contre ses anciens favoris rejaillit jusque sur les restes depuis longtemps refroidis de Potemkin. Non-seulement le tombeau projeté par Catherine ne fut point érigé par son fils, mais sur des ordres secrets venus de Saint-Pétersbourg un trou fut creusé dans le fossé et on y jeta les restes du favori avec aussi peu de soin que s'il se fût agi d'un chien mort. Ces gémonies étaient au surplus la véritable place d'un homme qui en proie à tous les vices, après une existence souillée par le sang et par le crime était tombé jeune encore victime de ses propres excès.

A dater de l'époque où nous sommes arrivés, l'histoire de la Crimée est finie ; désormais ce n'est plus un Etat indépendant, mais une province russe, dont l'histoire se confond dans celle des czars, de même que son territoire dans leur empire. Cependant il nous reste encore à dire ce que les Russes ont fait de leur conquête, et à entretenir le lecteur des habitants de la Crimée ainsi que de la diversité de leurs usages et de leurs mœurs ; c'est ce qui fera l'objet des chapitres suivants.

CHAPITRE TROISIÈME.

LES TARTARES.

Semblables aux inondations qui en se retirant laissent toujours une couche nouvelle d'alluvion sur le terrain un instant occupé par les eaux, les diverses races qui ont successivement envahi la Crimée ont dû déposer et ont effectivement déposé sur son sol autant de couches de population qui d'abord superposées les unes aux autres se sont ensuite mêlées et confondues pour constituer la masse actuelle des habitants. Sept races ou nations s'y reconnaissent encore à des caractères distincts ; mais comme celle des Tartares l'emporte de beaucoup sur toutes les autres réunies par le nombre et par l'importance et qu'elle est d'ailleurs la seule qui possède une physionomie particulière, c'est aussi la seule dont nous croyions devoir nous occuper ici avec quelque détail.

Toutes les fois que les historiens contemporains n'ont pas été trop aveuglés par la passion , ils ont tracé des Tartares un portrait intéressant. Non-seulement ils nous les donnent comme la meilleure cavalerie du monde, comme des soldats courageux, infatigables et terribles, mais encore ils louent leurs vertus publiques et privées, sociales et domestiques, leur sincérité, leur bonne foi, leur fidélité à tous leurs engagements, leurs affections et leur dévouement les uns envers les autres.

Tels ils étaient en effet avant la conquête, tels ils se montrent encore aujourd'hui ; supérieurs à leur mauvaise fortune et plus nobles dans leur défaite que les Russes dans leur victoire.

Quelles que soient les vertus des Tartares, et malgré la célébrité dont leur nation a joui à bon droit, il ne faudrait pas les juger cependant au point de vue de notre civilisation plus avancée, car les Tartares n'ont jamais été et ne sont encore que des peuples à moitié barbares.

On sait ce qu'il faut entendre par ce mot ; Montesquieu a pris soin de nous l'apprendre :

« Il y a, dit-il, cette différence entre les peuples sauvages et les peuples barbares, que les premiers sont de petites nations dispersées, qui, par quelques raisons particulières, ne peuvent pas se réunir ; au lieu que les barbares sont ordinairement de petites nations qui peuvent se réunir. »

Dans leurs déserts du nord de la Sibérie, les Tartares n'étaient en effet que de petites nations éparses et vivant à l'état sauvage que le besoin d'un sol plus riche et d'un climat plus doux poussait à se réunir pour fondre comme des bandes de loups affamés sur les climats plus fertiles et plus doux de l'Europe. En cela ils suivaient la loi universelle, qui pousse constamment les hommes vers le bien-être. « Car, c'est encore Montesquieu qui parle, il est naturel qu'un peuple quitte un mauvais pays pour en chercher un meilleur, et non pas qu'il quitte un bon pays pour en chercher un pire. La plupart des invasions se font dans les pays que la nature avait faits pour être heureux. Et comme rien n'est plus près de la dévastation que l'invasion, les meilleurs pays sont le plus souvent dépeuplés; tandis que l'affreux pays du Nord reste toujours habité, par la raison qu'il est inhabitable. »

Sous l'influence d'un climat plus favorable et d'une nourriture plus facile et plus abondante, il semble étonnant au premier aspect que les Tartares n'aient pas gravité plus vite vers la civilisation, ainsi qu'ont fait les autres peuples barbares qui ont tour à tour envahi les différents points de notre Europe occidentale et méridionale, l'Allemagne, l'Italie, la France, l'Angleterre et l'Espagne. Il n'en fut cependant pas ainsi, et cela par une raison qui se présente d'elle-même à l'esprit, si l'on veut réfléchir quelques instants. Ce second pas de la marche de l'esprit humain, qui de la barbarie conduit l'homme à la civilation, est un effort immense dont les peuples ne sont guère capables tant qu'ils restent abandonnés aux simples développements de la nature, et qu'ils ne se trouvent pas tout à coup enlevés à eux-mêmes par le génie d'un législateur étranger qui apporte du dehors des émotions, des idées, des vertus et aussi des vices nouveaux. Or, c'est ce qui manque aux Tartares de la Crimée : comme enfermés pour ainsi dire dans un petit coin du globe, sans communication avec les nations plus avancées que celles qu'ils avaient vaincues les armes à la main et sur les champs de bataille, ils furent obligés de puiser en eux-mêmes les éléments et les ressources d'une civilisation autochthone. Aussi leurs progrès dans cette voie furent-ils fort lents, et nous les retrouvons à l'époque de la conquête des Russes tels à peu près qu'ils étaient dans les steppes sibériennes. Des siècles se sont écoulés et ont à peine porté atteinte à leurs coutumes et à leurs usages : ce sont toujours les compagnons turbulents et pillards de Genghis-Khan, et il a fallu que les Russes leur enlevassent leurs armes pour les mettre dans l'impossibilité de recommencer ces excursions qui semblables à des inondations périodiques sortaient de la presqu'île pour ravager la Russie, la Pologne, et porter partout l'épouvante et la destruction.

Avant que la Russie eût pris possession de ces fertiles contrées et les eût soumises au régime d'une servitude abrutissante et destructive, la population de la Crimée ne comptait pas moins d'un demi-million d'habitants ; mais la funeste influence du gouvernement des czars ne fut pas longtemps à se faire sentir. En 1778 un ordre tyrannique exilait sur les bords de la mer d'Azof plusieurs milliers de marchands grecs et arméniens qui semblèrent en émigrant avoir emporté avec eux, pour un temps au moins, toute la prospérité industrielle et commerciale de la péninsule. Mais, quelque tort qu'ait éprouvé la Crimée de l'éloignement de ces hommes intelligents, elle eut encore à souffrir davantage d'une grande émigration de Tartares qui eut lieu un peu plus tard, de 1785 à 1788. Ces malheureux, qui voulaient à tout prix fuir la présence d'un maître odieux, abandonnèrent leurs champs et leurs demeures et s'embarquèrent par milliers dans les ports pour se réfugier dans l'Anatolie et la Roumélie, où vinrent également chercher un asile presque tous les rejetons de la famille souveraine des Ghéraï.

A la suite de ces émigrations successives, la population de la presqu'île se trouvait réduite en 1793, d'après un recensement officiel, à deux cent cinq mille six cent dix-sept individus ; en moins de dix ans trois cent mille âmes avaient disparu du sol de la Crimée. Ce seul chiffre vaut toute une philippique contre la Russie et son régime despotique.

Lorsque les Tartares jouissaient de leur liberté et de leur indépendance, ils avaient un gouvernement basé sur le régime féodal. Indépendamment de la famille Ghéraï, qui, comme nous avons eu occasion de le dire, avait seule droit à la souveraineté de la Crimée, il existait encore dans le pays sept autres grandes familles princières qui jouissaient de privilèges particuliers, avaient pour principe de ne jamais entrer au service du khan, formaient à elles seules autant d'États indépendants, et ne servaient jamais que volontairement. C'étaient là les grands feudataires. Il n'en était pas de même de leurs arrière-vassaux, qui étaient considérés comme les sujets du khan et étaient tenus de marcher à toute réquisition de sa part. Les revenus de ces nobles se composaient de la dîme de leurs propres terres et des troupeaux qu'on y menait paître, des produits de leurs champs labourables, des bestiaux ou du charadash (tribut) que les Grecs et les Arméniens étaient obligés de leur payer.

L'entretien et les revenus du khan étaient levés sur les terres en friche, que l'on abandonnait aux esclaves.

La justice était rendue militairement et par ceux qui avaient la force en main.

Après les nobles, désignés en Crimée sous le nom de *mirzas*, venaient et viennent encore aujourd'hui, dans l'ordre de la hiérarchie sociale, les descendants des muphtis ou prêtres distingués, qu'on désigne sous le nom de *tschelebi*. Ils n'appartiennent pas à la noblesse, mais ils sont estimés, considérés et distingués de la classe ordinaire des Tartares.

Le clergé, comme la noblesse, jouit d'une grande considération parmi les Tartares. Le haut clergé, indépendamment du muphti qui le dirige, se compose du cadi-esker-effendi et de cinq ulémas, qui forment entre eux une espèce de synode ou consistoire. Dans le bas clergé on compte les cadis des villes sous la juridiction du muphti, et les cadis des districts ou villages subordonnés au cadi-esker ; puis les prêtres attachés au service des mosquées, et enfin les simples imans. Tous les docteurs de la religion et ceux même qui ne sont point imans prennent le nom de mullahs. Les prêtres desservants ont la jouissance des biens donnés à la mosquée.

Au-dessous de ces classes privilégiées est la nation

Avant la conquête la nation était l'armée, tout le reste était esclave. Cet état de société équivalait à un état de guerre perpétuelle, car la nation était toujours en armes prête à défendre ses troupeaux contre ses voisins et à se précipiter dans les pays où l'on espérait trouver du butin ou des esclaves. Élevés pour la guerre, les Tartares en faisaient leur principale occupation. Toujours à cheval, ils passaient à bon droit pour les meilleurs cavaliers du monde. Leurs troupeaux, nomades comme eux-mêmes, accompagnaient leurs armées et leur offraient toujours une provision suffisante de lait et de viandes fraîches. D'ailleurs ces guerriers savaient se réduire aisément dans le besoin à une très-petite quantité de nourriture, et après avoir souffert cette abstinence sans murmurer ils se livraient, quand ils en trouvaient l'occasion, à toute la voracité de leur appétit.

Aujourd'hui cette organisation a disparu, ces mœurs indépendantes ne pouvaient être du goût des Russes ; mais, quoiqu'on ait remplacé cet ordre de choses par une organisation supérieure sans doute à beaucoup d'égards, la perte de leurs anciens usages et priviléges n'est pas une des moindres causes qui contribuent à entretenir un ferment de haine et de rébellion dans le cœur des Tartares, chez lesquels subsistera longtemps encore le regret de la vie aventureuse et nomade que leurs pères ont menée durant tant de siècles.

La population disséminée sur le territoire de Crimée, bien que désignée sous le nom général de Tartares, doit pourtant être divisée en trois catégories distinctes : les Nogaïs, les Tartares de la plaine et les Tartares des montagnes.

Les Nogaïs sont peu nombreux, dix ou douze mille pasteurs tout au plus errant à la suite de leurs troupeaux dans les steppes qui s'étendent depuis la Berda jusqu'au Molochna. Ils sont tous nomades, se nourrissent encore, suivant l'antique usage des Mongols, de chair de cheval et de lait de jument et campent sous de petites tentes de feutre, huttes portatives de forme circulaire et de huit pieds de diamètre environ. Ces tentes se composent d'un treillage ou claie de baguettes épaisses et larges d'un pouce formant par leur entrelacement une espèce de mur d'appui d'environ quatre pieds de haut sur lequel se pose un dôme ou comble de même structure ; le tout est recouvert de nattes de jonc et d'un feutre brun que le vent ni la pluie ne peuvent pénétrer. Au haut du toit on pratique un trou de deux pieds de diamètre qui sert de passage au jour et à la fumée. La porte, qui se ferme avec une natte, est aussi étroite que possible. Trois ou quatre mauvais coussins rembourrés de crin, une petite table basse en bois, deux marmites de fer, deux ou trois plats de bois et une natte de jonc composent tout l'ameublement de ces demeures primitives.

Depuis l'adjonction de la Crimée à la Russie les Nogaïs commencent à s'écarter un peu de l'agreste rudesse des aïeux. Déjà quelques-uns se construisent des habitations fixes et s'occupent de la culture du sol. Leurs vêtements sont en général aussi simples que leurs demeures : une peau de mouton et un drap grossier en font d'ordinaire tous les frais. Ces peuplades ont le visage plat, d'un brun noirâtre, les yeux petits et enfoncés, le nez recourbé en dedans et peu de barbe. Elles suivent la loi de Mahomet ; mais, très-ignorantes en matière de religion, elles mêlent aux dogmes enseignés par le prophète des superstitions idolâtres qu'elles ont conservées du culte des Mongols, dont elles sont les descendants les moins mélangés ainsi que le prouvent les traits de leurs visages.

Les Tartares de la plaine occupent les steppes depuis le pied des montagnes jusqu'à l'isthme de Pérécop. Fort semblables aux Nogaïs par les traits du visage, ils ont une manière de vivre toute différente : ils labourent la terre et s'occupent de l'élève des bestiaux. Ils habitent de petites maisons construites à la turque avec des toits plats en terrasse. Lorsque la pierre vient à leur manquer pour l'édification de leurs demeures, ils se servent de briques d'argile crue. Leur chauffage est une tourbe de fumier qu'ils préparent en hiver, taillent en forme de pains et placent en murailles élevées pour les faire sécher.

Au fur et à mesure que de nouveaux conquérants envahissaient la Crimée, les dépossédés cherchaient un refuge dans la partie la plus montueuse et partant la plus inaccessible de la contrée : et c'est du mélange de ces différentes races que sont sortis les Tartares des montagnes. Ils ne ressemblent ni aux Nogaïs, ni aux Tartares de la plaine, leur barbe est plus forte et leurs cheveux sont plus clairs. Leurs maisons, généralement appuyées à la pente escarpée des montagnes, ont pour toit un plateau sur lequel on peut se promener et sont disposées en amphithéâtre, de telle sorte que les terrasses d'un rang de maisons semblent servir de rue au rang qui les domine. Les Tartares s'adonnent à la culture de la vigne, quelques-uns, dans les vallons méridionaux, cultivent aussi le lin. Le sang mêlé dont ils sont issus est sans doute la principale cause du mépris que les Tartares de la plaine affectent pour eux en toute occasion.

La langue est un caractère commun à toutes ces catégories de Tartares. Cette langue n'est, à vrai dire, qu'un dialecte du turc; mais elle est entremêlée d'un si grand nombre de mots arabes, grecs et mongols, qu'un Turc ne la comprend qu'avec difficulté. Le séjour prolongé que les Goths ont fait en Crimée à une certaine époque est cause qu'un grand nombre de mots appartenant à leur langue sont demeurés dans le pays et se sont, avec le temps, insinués dans l'idiome tartare, ce qui constitue pour celui-ci une difficulté de plus. Cette langue, déjà rude par elle-même, devient presque inintelligible dans la bouche des Nogaïs, qui joignent à une prononciation gutturale une grande rapidité dans leur manière de parler.

Un autre caractère général à tous les Tartares, c'est l'indolence. Guerriers par nature, aujourd'hui que les combats leur sont interdits et que leurs armes leur ont été enlevées il semble qu'il n'y ait plus au monde une occupation digne de les captiver, et ils passeraient vo-

dessous est retenu par une ceinture en filigrane fermant par-devant à l'aide d'une lourde serrure composée de deux grosses boucles fabriquées par les Juifs ou les Arméniens du pays. Elles nattent leurs cheveux par derrière en autant de tresses pendantes qu'ils peuvent en fournir, et les couvrent surtout dans l'enfance d'une petite calotte rouge ou bien d'un linge croisé sous le menton. Elles se teignent les ongles des pieds et des mains avec le heuné qu'on leur apporte pour cet usage de Constantinople. Elles ajoutent ordinairement à cette teinture un peu de vitriol pour en rembrunir la couleur et lui donner plus de durée. A cela près les filles ne mettent point de fard. Les bagues dont elles chargent leurs doigts sont le complément indispensable de leur toilette.

La mise des femmes diffère en plusieurs points de celle des filles. Elles coupent obliquement les cheveux de devant par-dessus les yeux et laissent pendre deux touffes taillées dans le même sens sur les joues. Elles attachent ensuite autour de la tête une longue bande d'étoffe dont les bouts descendent sur le dos et sous laquelle elles

Mort de Potemkin.

lontiers leur vie au coin du feu en fumant leurs pipes, assis sur leurs talons.

Amis des jouissances de la table, ils n'en connaissent cependant pas les vrais plaisirs, c'est-à-dire cette gaieté et ce doux abandon qui naissent chez des convives aimables, moins encore du choix des mets que de celui des personnes. Chez eux, on n'est sensible qu'au plaisir d'absorber de la nourriture, et un repas agréable n'est pas celui où on a beaucoup ri, mais celui où on a mangé de manière à se donner une indigestion.

Les hommes de la race tartare sont en général d'une taille avantageuse; ils sont bien proportionnés, d'un teint fort blanc et d'une physionomie agréable. Leurs femmes, au contraire, sont presque toutes de petite taille, ce qui tient sans nul doute à la vie claustrale qu'elles mènent et au peu d'exercice qu'elles prennent. D'ailleurs elles sont agréables. La richesse de leurs vêtements ne contribue pas peu à rehausser la bonne grâce de leurs personnes. Indépendamment d'un vaste caleçon et d'une chemise ouverte, boutonnée au col et descendant jusqu'aux genoux, les jeunes filles portent une robe de soie rayée fendue par-devant, garnie de manches longues et étroites avec un parement d'un tissu brodé à fleurs d'or; et par-dessus ce vêtement un surtout de couleur tranchante avec des manches courtes à la turque bordées d'hermine ou de toute autre fourrure. L'habit de

rangent autour de la tête le reste de leurs cheveux divisés en deux grandes tresses. Elles se teignent, comme les Persanes, les cheveux et les sourcils avec le kna et se couvrent les joues de rouge et de blanc.

A l'époque des noces, ou quand elles mettent leurs habits de cérémonie, les femmes riches appliquent sur leur visage des fleurs et des ornements de feuilles d'or. Elles se teignent à l'aide du kna les mains et les pieds d'un rouge jaune, et s'épilent tout le corps avec une substance composée de chaux et d'orpiment.

Les filles, ainsi que les femmes, se chaussent de bottines en maroquin, et mettent par-dessus des pantoufles à fortes semelles. Lorsqu'elles sortent pour rendre des visites, elles passent par-dessus leurs vêtements une espèce de grande robe de chambre d'étoffe de laine blanche d'un tissu peu serré qu'elles fabriquent elles-mêmes, et se couvrent la tête d'un foulard blanc ou de couleur qu'elles attachent sous le menton. Ce n'est point encore assez de cette sorte de domino pour les dérober aux regards indiscrets, il faut un complément indispensable à cette toilette de ville : c'est le voile blanc qui couvre toute la partie supérieure du corps jusqu'aux hanches; on le ramène sur le visage avec la main droite, de manière que toute la figure se trouve cachée à la seule exception des yeux.

Les femmes et les filles se montrent en général fort peu aux hommes, et la décence leur impose l'obligation, lorsqu'elles en rencontrent qu'il leur est impossible d'éviter, de se voiler entièrement le visage ou de le tourner tout au moins du côté opposé.

Chez les hommes de la classe aisée le luxe de l'habillement n'est pas poussé moins loin que chez les femmes. Les jeunes gens des familles nobles s'habillent presque comme les Tcherkesses, les Polonais et les Cosaques; les manches de leurs surtouts sont courtes et fendues. Les vieillards seuls laissent croître leur barbe, tandis que les jeunes gens et les hommes faits ne conservent que la moustache. Ils sont chaussés de bottines en maroquin, par-dessus lesquelles ils mettent des babouches pour sortir. Par les mauvais temps ils se servent aussi d'une sorte de patins en bois. Les Tartares ont l'habitude de se raser la tête ou de ne porter que leurs cheveux très-courts. Ils se coiffent d'un bonnet élevé, de couleur verte, rembourré de coton, et bordé de peau d'agneau gris ou noir. Par-dessous ce bonnet les prêtres et les vieillards mettent encore quelquefois un fez ou calotte rouge. Ceux qui ont fait un pèlerinage à la Mecque portent un mor-

posément. Assis presque constamment, il passent des jours entiers rêvant, les jambes croisées, la pipe à la bouche, et ne se donnant de mouvement que juste ce qu'il faut pour porter leur café à leurs lèvres.

Comme tous les Orientaux, ils ont pour cette boisson un goût très-prononcé. Il n'est point dans la Crimée de ville, de village ni de bourgade qui n'ait ses cafés. On en voit partout, même dans les promenades publiques et le long des grandes routes. La plupart sont construits en forme de kiosques et presque toujours dans les sites les plus riants. Dans les campagnes, ils sont ombragés par de grands arbres et par des treillages de vigne et sont garnis au dehors de larges bancs qui tiennent lieu de sofas. Partout ils sont fréquentés à chaque instant du jour. Dans les villes, les gens oisifs y passent de longues heures fumant, buvant, jouant aux dames et aux échecs et échangeant de temps à autre quelques rares paroles. Quelquefois un chanteur récite un conte ou déclame des vers en s'accompagnant avec un mauvais instrument en forme de guitare. L'assemblée l'écoute avec la plus grande attention, et témoigne le plaisir qu'elle éprouve

Intérieur d'une famille tartare.

jean d'étoffe blanche autour du bord de ce bonnet, c'est la marque distinctive des hadjis (saints pèlerins).

Les Tartares de la Crimée ont conservé des goûts de leurs ancêtres la passion des chevaux. Les nobles ne sortent jamais à pied et mettent une grande vanité à étaler des harnais étincelants d'argent et de dorures. Le grand nombre de domestiques est aussi chez eux un objet de luxe et d'ostentation, et un noble tartare se croit un personnage d'autant plus considérable qu'il traîne à sa suite un plus grand nombre de valets; bouches inutiles, qui ne servent qu'à amoindrir peu à peu des fortunes qui ne savent se relever ni par l'industrie ni par le commerce.

Les manières des Tartares, comme celles des autres Orientaux, sont en opposition totale avec les nôtres. On dirait qu'un dessein prémédité s'est plu à établir une foule de contrastes entre les hommes de l'Asie et ceux de l'Europe. Un caractère bien remarquable et qui frappe l'étranger au premier abord est l'extérieur religieux des habitants de la Crimée : on ne rencontre dans les rues des villes que des moines armés de chapelets. Leur air est grave et flegmatique, leur maintien posé, leur visage austère et sérieux; ils parlent lentement, écoutent sans interrompre et ne rient que fort rarement. Sobres de gestes et de mouvements, ils gardent le silence pendant des journées entières; s'ils se décident à parler, c'est pour affaires et toujours

par quelques légers signes de tête. En général le chant tartare est grave, aigre et discordant. Les danses portent le même caractère de gravité et sont toujours exécutées par un seul danseur. Elles consistent généralement en beaucoup de mouvements que l'on fait avec le corps sans que les pieds quittent la terre.

Voici au surplus le tableau assez peu attrayant que nous a laissé de ces danses un voyageur français qui en fut témoin.

« Je vis, dit-il, à Koslov, chez le maître de police, des bateleurs tartares. Un d'eux joua une espèce de parade à un seul acteur. Il posa au milieu de la chambre un verre plein de bouza (boisson faite avec du millet fermenté). La musique ayant commencé à se faire entendre, il se mit à danser et à tourner en contrefaisant l'homme ivre, se jeta plusieurs fois à terre de manière à me faire croire qu'il allait tomber sur le verre; mais à chaque fois il se releva en riant aux éclats. La musique redoubla bientôt de vitesse, et il agita tous ses membres en suivant la mesure. Après quelque temps de cet exercice fatigant il se laissa tomber de nouveau, ramassa le verre avec la bouche et en but le contenu sans y porter les mains. »

Nous avons mentionné la passion des Tartares pour le café, elle est au-dessus de toute expression. Dans tous les ordres de l'État les hommes, les femmes et les enfants en prennent indifféremment pendant toute l'année, non-seulement au déjeuner, après le dîner, après le souper, mais encore à chaque instant du jour. Partout où l'on va, quelque visite que l'on fasse, chez les grands, dans la bourgeoisie, à la ville ou à la campagne, les maîtres du logis commencent toujours par présenter du café; si la visite se prolonge, on en donne une seconde et même une troisième tasse à des reprises différentes. Il est vrai que ces tasses sont très-petites et qu'il en faut deux ou trois pour faire la valeur d'une des nôtres. On les présente aux consommateurs sur des soucoupes ou plutôt dans d'autres tasses pour empêcher qu'on se brûle les doigts. Elles sont communément de cuivre, d'argent, de vermeil, et même d'or, suivant le rang et la fortune de ceux auxquels elles appartiennent.

Comme le café, le tabac est d'un usage universel chez les Tartares. Livrés à cette habitude dès l'enfance, il n'en est presque pas un qui ne fume cinq, dix et même vingt pipes par jour. Réunissant le luxe à cette passion, ils mettent autant de recherche dans la beauté des pipes que dans la qualité du tabac. Les tuyaux en sont ordinairement de jasmin, de rosier, de cerisier ou autres bois parfumés; ces tuyaux sont garnis en or et en argent, et toujours terminés par des morceaux d'ambre blanc ou jaune ou de corail artistement travaillés. Les femmes, qui fument aussi, mettent encore plus de recherche que les hommes au choix de ce petit meuble. Les noix qui servent de fourneaux au tabac sont d'une terre très-fine préparée avec un art particulier. Il y en a beaucoup qui sont dorées.

Comme la politesse chez les Tartares exige qu'on offre des pipes à tous ceux qui se présentent dans les maisons, on voit dans les antichambres et même dans les salons des gens riches un grand nombre de ces pipes rangées verticalement à des râteliers établis exprès pour cet usage. Assis sur le sofa qui garnit le pourtour de la salle, chacun a la sienne posée sur le tapis ou sur la natte qui couvre le parquet. Le fourneau s'appuie sur un petit plateau de cuivre ou d'étain destiné à recevoir les cendres du tabac à mesure qu'il se consume. Lorsqu'on est réuni dans une pièce de médiocre grandeur, les pipes croisent tellement leurs longs tuyaux les uns entre les autres, qu'il faut un soin tout particulier pour ne pas exposer ses dents au choc qui pourrait en résulter. On conçoit que dans des appartements où l'on fume continuellement il doit régner une atmosphère qui ressemble à un épais brouillard : aussi les habits, les vêtements, les meubles, et, en un mot, tout ce qui se trouve dans les maisons est-il imprégné d'une forte odeur de tabac.

L'usage de fumer est si général et si fréquent, qu'il est rare de rencontrer un Tartare hors de chez lui sans sa pipe et son tabac; le tabac se renferme dans un petit sac de satin ou d'une autre étoffe de soie semblable à ceux que les fumeurs français, qui ont leur langage technique, ont appelé... blague, puisqu'il faut enfin désigner la chose par son nom. La pipe brisée en deux ou trois morceaux qui se remontent avec des vis d'argent est soigneusement enveloppée dans un étui de drap qu'on porte attaché à la ceinture sous l'habit. En été surtout on ne va jamais se promener sans avoir sur soi ces divers objets, dont l'habitude a fait une véritable nécessité. Les gens riches se les font porter par des domestiques qui les suivent. Assis sous un arbre et sur le gazon, le Tartare allume sa pipe, prend une tasse de café, prononce respectueusement le nom de Dieu, et demeure absorbé des heures entières dans une béate quiétude que la chute du ciel pourrait seule parvenir à troubler.

En un mot, le goût de ces peuples pour la pipe est porté si loin, que ceux qui écrivent, et le nombre en est encore restreint, ne la quittent pas pour se livrer à ce travail. Il est vrai que leur manière d'écrire le leur permet plus facilement qu'à nous, parce qu'ils travaillent assis sur un sofa, le corps droit, avec le dos appuyé contre un coussin et leur papier posé sur un carton léger, qu'ils tiennent de la main gauche.

Malgré l'habitude si générale de la pipe, les Tartares de Crimée observent à cet égard certaines règles de bienséance dont ils ne se départent jamais. Un subalterne ne se permet point de fumer devant son supérieur, les enfants s'abstiennent également de le faire devant leurs pères, leurs aïeuls, leurs oncles et autres personnes qui par leur rang ou leur âge ont droit à leur respect. Chacun d'eux ne fume qu'en particulier ou dans la société de ses égaux.

Les dames tartares, nous croyons l'avoir déjà dit, ont pour les bijoux une sorte de passion. Elles portent toutes des boucles d'oreilles, des bracelets, des colliers et des boucles de ceinture en or et en argent. Chez les personnes riches et de rang élevé, ces ornements sont en perles fines, en diamants et en pierreries; il est des femmes qui portent cinq ou six bagues à chacun de leurs doigts, lesquels sont garnis de la sorte, même le pouce, jusqu'à la première phalange.

Les Tartares ont aussi un goût très-prononcé pour les fourrures, qui sont pour eux l'objet d'un grand luxe; il n'est point d'artisan ou de paysan si pauvre qu'il soit d'ailleurs qui ne se pare en hiver d'une pelisse en peau d'agneau, de mouton, de chat ou d'écureuil. L'hermine, la marte, le renard blanc, le petit-gris, mais surtout la zibeline, forment les garde-robes des familles opulentes et des personnes distinguées.

Le luxe de la table est porté chez les Tartares à un plus haut degré que ne pourrait le faire supposer l'état encore peu avancé de leur civilisation. Chez les personnes riches et de distinction, indépendamment de beaucoup de fruits que l'on présente au dessert, on sert encore avec profusion des mets préparés avec art, des mélanges de viandes et de riz, des boulettes enveloppées de feuilles de vigne, des fruits farcis et des viandes hachées. Par un reste d'habitude emprunté à leurs ancêtres, la chair de poulain passe encore chez plusieurs d'entre eux pour un mets très-délicat. Un grand nombre de Nogaïs sont demeurés fidèles à l'usage de manger du cheval, et chez ces peuples primitifs le plus grand honneur qu'on puisse faire à un visiteur étranger, ce n'est pas de tuer un veau gras comme chez les anciens patriarches, ou un mouton comme chez les Arabes, mais d'abattre une jeune cavale. Les Tartares mangent avec leurs doigts, mais ils ne manquent jamais de se laver les mains avant et après le repas. Les murs de leurs salles à manger sont garnis de serviettes d'une grande propreté, ornées quelquefois de dentelles.

La loi de Mahomet imposant aux Tartares l'obligation de s'abstenir de vin et de liqueurs fermentées, leur boisson principale est l'eau dans laquelle ils font infuser du fromage broyé préparé avec du lait aigre. Cependant ils ne sont pas si rigoureux observateurs des préceptes de leur prophète qu'ils ne s'écartent parfois pour se livrer à leur goût pour une espèce de bière enivrante faite avec la farine du millet. L'eau-de-vie est également très-recherchée par eux, et les habitants des montagnes savent en distiller de plusieurs espèces de fruits sauvages.

L'ivresse est rare cependant chez ces peuples et c'est encore un point par lequel ils contrastent dignement avec leurs vainqueurs les Russes, chez lesquels l'ivrognerie est un vice habituel à toutes les classes de la société. Cette sobriété jointe à une vie paisible exempte de fatigues et souvent même de travail est sans doute la cause principale de l'excellente santé dont jouissent en général les Tartares. Ils sont peu sujets aux maladies et sont surtout exempts de ces fièvres bilieuses et intermittentes dont les étrangers qui arrivent en Crimée sont presque toujours atteints. Beaucoup d'entre eux parviennent à un âge très-avancé. Les rhumatismes sont la seule incommodité à laquelle ils soient soumis, encore faut-il l'attribuer à la négligence qu'ils apportent dans la construction de leurs demeures. Leurs maisons en effet ne sont que rarement garnies de croisées; les fenêtres en sont seulement défendues par un grillage en bois ou en fer, très-utile sans doute contre les attaques des voleurs, mais tout à fait insuffisant contre le vent, la pluie et le froid.

Ces maisons, dans lesquelles il règne pourtant parfois un certain luxe, nous paraîtraient très-incommodes avec nos habitudes européennes. Elles ne possèdent pour tous meubles que des sofas ou divans qui règnent le long des murailles et qui servent à la fois de sièges pour le jour et de lits pour la nuit. Encore ces commodités ne se trouvent-elles pas chez les gens pauvres, qui n'ont d'ordinaire que quelques nattes grossières ou quelques minces matelas de coton. Les maisons les plus somptueuses sont entretenues avec une grande propreté. Toutes les chambres sont parquetées et sont en outre couvertes de tapis. La maison tout entière est lavée avec un soin extrême au moins une fois par semaine. Il n'en est pas de même chez les gens de la classe inférieure; n'ayant ni esclaves ni domestiques pour leur faire accomplir ces soins de propreté et trop indolents pour y vaquer eux-mêmes, ils croupissent au milieu des ordures et d'une dégoûtante vermine : aussi la gale est-elle passée chez la plupart d'entre eux à l'état de mal héréditaire.

Quelle que soit la fortune du propriétaire, il y a toujours dans la maison un appartement à part pour les femmes. Les gens riches ont pour leur harem une maison séparée.

Nous avons dit que les Tartares avaient peu de maladies; cela est d'autant plus heureux que l'art de la médecine est chez eux à l'état d'enfance, sinon même totalement inconnu : qu'on en juge par le récit suivant, que nous empruntons à un voyageur moderne :

« J'ai été témoin, dit M. Reuilly, de l'application du remède suivant. Le domestique d'un noble Tartare étant tombé de cheval s'était enfoncé deux côtes; son maître, qui se piquait sans doute de connaissances en médecine, le força à boire de l'eau de gruau jusqu'à ce que son ventre fut enflé et tendu comme un tambour. Il le mit au riz pour toute nourriture et continua ce régime pendant tout mon séjour, m'assurant que par ce moyen les côtes se remettraient d'elles-mêmes. Sans vouloir garantir l'efficacité d'un remède aussi singulier, ajoute ce voyageur, je dois déclarer que le malade était infiniment mieux lors de mon départ. »

Avis à nos modernes Hippocrates.

Si de la description de ce que nous pourrions en quelque sorte appeler les mœurs extérieures et physiques des Tartares de Crimée, nous passons à l'examen des particularités morales qui les distinguent, nous trouverons en eux des vertus et des qualités éminentes capables de compenser grandement des défauts qui appartiennent moins peut-être au génie de ce peuple primitif qu'à l'état de demi-barbarie dont les circonstances ne leur ont point encore permis de sortir.

Nous avons déjà eu plusieurs fois occasion de le dire, tous les Tartares de Crimée sont mahométans et par conséquent élevés dans les préjugés du fatalisme; autre cause efficace de l'immobilité dans laquelle ils sont demeurés pendant plusieurs siècles. Persuadés que tout est prédestiné, ils sont d'avance résignés à tout ce qui peut leur arriver. La maxime si vraie *Aide-toi, le ciel t'aidera* est chez eux chose inconnue. Ils ont de tout temps compté et comptent encore sur le doigt de Dieu, et, croyant tous les efforts de l'homme impuissants à changer un seul mot de ce *qui est écrit*, ils se sont toujours dispensés d'en faire aucuns, et se sont laissé sans résistance entraîner au fil de l'eau.

Musulmans, mais moins fanatiques que les Turcs leurs coreligionnaires, ils ont toujours su, même au temps de leur domination, allier une sorte de tolérance philosophique à la rigueur du Coran, et, loin de faire peser un joug odieux sur les juifs et les chrétiens, ils les ont constamment, traités avec douceur, autant peut-être, il est vrai, par politique que par humanité; car ils sentaient dans leur propre intérêt le besoin de ménager des hommes entre les mains desquels se trouvaient tout le commerce et toute l'industrie du pays.

On a souvent reproché aux Tartares leur cruauté et leur esprit de rapine; on a eu raison sans doute; cependant on n'a peut-être pas assez réfléchi, à leur décharge, qu'ils ne les exerçaient qu'envers les étrangers, et que, par un préjugé qu'ont partagé avec eux toutes les nations de l'antiquité, tout étranger était réputé ennemi. Les Romains eux-mêmes, qui portèrent si haut la civilisation, n'avaient qu'un même mot pour désigner l'un et l'autre. Par compensation à cette haine féroce de l'étranger, il régnait et il règne encore chez les Tartares de Crimée, à l'intérieur de la société, une bonne foi, un désintéressement, une hospitalité et une générosité qui feraient honneur aux hommes les plus civilisés.

Chez ce peuple que sa cruauté dans la guerre faisait à bon droit redouter de tous ses voisins, la porte de chaque demeure ne se ferme jamais devant le voyageur, et tout, depuis le lit jusqu'à la table, se partage de bon cœur avec l'hôte du foyer. Les crimes y sont rares, et l'on peut parcourir tout le pays avec la plus grande sûreté.

La bienfaisance est une de leurs vertus dominantes. La loi de leur prophète, d'accord en cela avec leur humanité naturelle, leur en impose l'obligation. Dans un intérêt plus noble et plus élevé que celui des récompenses terrestres, il n'est pas rare de voir de riches Tartares sacrifier une partie de leur fortune à des fondations et à des œuvres de piété qui toutes ont pour objet la consolation des malheureux et le soulagement des pauvres. Autant on les voit fiers et cruels les armes à la main, et surtout dans l'ivresse du succès, autant ils s'abandonnent aux heureuses impulsions de la nature dans le calme de la paix. Rendus alors à leur vie privée, ils ne tardent pas à reprendre leur caractère humain et bienfaisant.

Indépendamment des biens-fonds et des revenus perpétuels consacrés par la munificence des princes et par la libéralité des particuliers à la subsistance des malheureux dans toutes les villes de quelque importance, il est peu de Tartares un peu aisés qui ne se fassent un devoir de distribuer fréquemment des aumônes aux pauvres de leur religion. Dans toutes les classes de la nation, les pères et mères, les parents, les tuteurs, donnent aux enfants l'exemple de la bienfaisance et les y accoutument de bonne heure.

Cette charité, plus généreuse que bien entendue, est poussée à un tel point, qu'elle devient souvent la source d'une infinité d'abus. Elle entretient dans la paresse et dans les vices honteux qui en sont la suite une foule de mendiants qui infestent tout le pays. Dans les villes, les avenues des maisons riches sont toujours bordées à droite et à gauche d'une double haie de ces malheureux qui, sans lasser la charité des citoyens, font la honte de l'administration.

La bienfaisance s'exerce même jusque sur les animaux; personne ne se permet de les maltraiter sans raison; si même le propriétaire d'un cheval, d'un mulet, d'un chameau en fait un usage immodéré, le magistrat a droit d'intervenir en faveur de l'animal et de le placer sous l'égide de lois protectrices que dans ces derniers temps les nations les plus civilisées de l'Occident ont eu le bon esprit d'emprunter à ce peuple à demi barbare.

La polygamie, quoique autorisée par les lois civiles et religieuses, est peu en usage chez les Tartares, quelques nobles fort riches se permettent seuls d'avoir deux femmes.

La vie des femmes tartares est aussi simple que modeste et réservée : l'éducation des enfants et les soins du ménage font tout leur bonheur. Sans distraction extérieure, presque toujours renfermées dans l'intérieur du harem, elles savent chercher leurs plaisirs dans le travail, et quels que soient leur fortune et leur rang occupent une grande partie de leurs journées à filer, à coudre et à broder. Toutes les mères nourrissent elles-mêmes leurs enfants. Le chagrin le plus violent qu'elles puissent éprouver, c'est lorsque la nature ou la force des circonstances les oblige à les confier aux soins mercenaires d'une autre femme. Dans ce cas même, elles ne les font jamais sortir de la maison paternelle; c'est toujours sous leurs yeux qu'ils sont soignés, nourris et élevés.

Dans cette nation, rien de plus heureux que l'état de nourrice, ce sont pour la plupart de jeunes esclaves qui dès le premier jour obtiennent leur affranchissement. On a pour elles les plus grandes attentions, parce qu'on les regarde alors comme incorporées à la famille. Les mères partagent avec elles tous les soins que la nature et la raison exigent en faveur des enfants. Ceux-ci restent communément emmaillottés jusqu'à l'âge de huit ou dix mois, et on ne les sèvre ordinairement que lorsqu'ils en ont douze ou quatorze. Un berceau est destiné à chaque enfant, c'est là qu'on l'endort et qu'on le tient même pendant une grande partie du jour. Ces berceaux plus ou moins artistement travaillés; la tendre sollicitude des jeunes mères les entretient toujours en état de propreté et même de parure. Dans les maisons opulentes, ils sont garnis de nacre de perles et de lames d'argent.

L'éducation des enfants se fait dans la maison paternelle, car il n'y a chez les Tartares, non plus que chez les autres mahométans, de pensionnats ni pour les garçons ni pour les filles, seulement quelques écoles où les élèves ne passent qu'une petite partie de la journée. Les filles de tout état sont élevées dans le sein même de la famille, elles n'ont ni maîtres ni instituteurs. La danse ni la musique n'entrent point dans l'éducation, qui du reste est généralement fort négligée, ainsi que nous aurons bientôt occasion de le dire. Le catéchisme et les préceptes de morale sont les seuls objets d'instruction pour les filles, et d'ordinaire c'est la mère ou une parente, ou même les femmes esclaves les plus instruites qui s'acquittent de ce soin. Quelques-unes apprennent à lire, mais il est rare qu'on pousse leur éducation jusqu'à leur enseigner à écrire.

Ces premiers soins qu'on donne aux filles sont suivis de ceux qu'entraîne leur établissement; les mères s'en occupent de très-bonne heure. Comme dans un pays où les jeunes gens des deux sexes vivent absolument séparés les uns des autres il ne peut être question que de mariages de convenance, les unions sont toujours ménagées par les parents des deux parties. Les filles sont ordinairement promises très-jeunes, à l'âge de trois ou quatre ans, et à peine elles en ont douze ou quatorze qu'elles reçoivent la bénédiction nuptiale. Dans aucun cas le nouvel époux ne peut voir sa femme qu'après la cérémonie. Jamais la fille ni aucune femme n'assiste à la solennité du mariage. Il se fait par procureur, et les parents des deux maisons signent le contrat avec l'iman de la mosquée en présence de quatre amis qui servent de témoins. Les noces se célèbrent dans les deux familles avec une gaieté qui n'a rien de bruyant. Les deux sexes ne se trouvent jamais ensemble, même à l'occasion de ces réjouissances de famille.

Cette sollicitude des parents pour l'établissement de leurs filles ne se borne pas au premier mariage. Sont-elles veuves ou répudiées, ils se croient plus obligés que jamais de leur rechercher un nouveau mari, à moins qu'elles ne soient déjà d'un âge avancé.

A l'époque où les Tartares de Crimée étaient encore maîtres chez eux et s'administraient par leurs propres magistrats, ce n'était jamais que pour des intérêts majeurs de famille qu'une femme osait se présenter chez un juge ou chez quelque autre officier en place, encore n'étaient-ce la plupart du temps que des veuves ou des femmes d'un certain âge. Elles n'avaient pas besoin de demander audience, encore moins de se faire annoncer. Dès qu'elles se présentaient on les conduisait devant le juge, auquel elles expliquaient publiquement le motif de leur visite. S'il arrivait que le magistrat fût seul, les convenances exigeaient que les domestiques se tinssent vers la porte, rangés en file, comme pour être témoins de ce tête-à-tête.

La supériorité que le sexe masculin affiche sur l'autre se montre chez les Tartares dans toutes les circonstances et dans toutes les habitudes de la vie; ils ignorent complétement cette galanterie qui chez nous commande pour les femmes tant de respect et de déférence, et il faut qu'une femme soit d'un rang bien distingué pour qu'un magistrat tartare qui la reçoit se lève et l'invite à s'asseoir sur le sofa; et s'il se décide à le faire, ce n'est jamais par égard pour la femme, mais seulement en considération du rang et de la dignité du mari. Les femmes que la nécessité conduit ainsi en présence d'un magistrat se tiennent ordinairement debout, et vont même, sans que la délicatesse en souffre, jusqu'à lui baiser la main ou la robe avec un air de respect et de profonde humilité. Quoiqu'elles soient toujours voilées, ceux qui les reçoivent fixent rarement les yeux sur elles, et ils croiraient faire outrage à leurs maris en ne conservant pas dans leurs rapports la plus grande bienséance et la plus sévère retenue.

La sévérité des mœurs est telle à l'égard des femmes, que celle d'entre elles qui donne prise au moindre soupçon devient par cela même l'objet du mépris et de la réprobation universels. Le plus léger doute qui s'élève sur la vertu d'une femme suffit pour couvrir d'opprobre le mari et toute la famille. Les voisins et tous les habitants du quartier s'en croient en quelque sorte déshonorés également, aussi ont-ils droit de faire surveiller la maison suspecte et même d'exiger que la garde, accompagnée d'un iman, la force et y fasse des perquisitions. Dans ce cas, la présence d'un étranger dans le harem suffit pour justifier le soupçon : on arrête le coupable, et la femme est conduite chez l'iman jusqu'à ce que le mari, le père, le tuteur ou le magistrat ait prononcé sur son sort. L'homme est puni suivant les lois; et quand même les preuves ne seraient pas suffisantes pour le condamner juridiquement, il ne recouvre sa liberté que par le sacrifice d'une partie de sa fortune et le plus souvent par la perte entière de sa considération.

Ne nous étonnons pas après cela si dans un pays comme le nôtre, où les femmes font les mœurs et l'opinion publique, les Tartares ont de tout temps passé pour des barbares; nous aurons plus loin l'occasion de rapprocher de ce tableau celui des mœurs des Russes, qui se piquent de civilisation, et nous verrons de quel côté doit pencher la préférence.

Le respect des femmes tartares pour leurs maris n'est égalé que par celui des enfants envers les auteurs de leurs jours. Ce n'est jamais que les yeux baissés, les mains jointes sur la poitrine et dans l'attitude la plus humble qu'un fils se présente devant son père; en aucun temps, et quel que soit son âge, il ne se permet de s'asseoir devant lui sans en avoir reçu l'ordre.

Dans les grandes fêtes comme dans les importantes circonstances de la vie, les enfants ne manquent jamais, en baisant la main de leur père, de leur mère, de leur aïeul, de leur oncle, de demander leur bénédiction. Tous y attachent la plus haute idée de bonheur : de cette persuasion résulte en eux un sentiment contraire lorsque, par leur inconduite, ils se voient menacés de la malédiction de leurs parents. L'homme le plus immoral et le plus irréligieux tremble d'attirer sur sa personne les anathèmes de ceux auxquels il doit le jour.

Jamais un père de famille ne se lève devant un enfant, un neveu ou un autre descendant, ni un homme d'un certain rang pour recevoir celui qui lui est inférieur en grade. Les personnages d'importance gardent ordinairement chez eux l'angle du sofa, et ne se lèvent que pour les personnes auxquelles leur condition donne droit de se placer à leur côté. Il est dans les convenances, lorsqu'un Tartare se présente chez quelque personne d'un rang distingué, d'être enveloppé dans sa robe et d'avoir les mains couvertes avec le bout des manches. La manière de s'asseoir est également prescrite et déterminée par les règles d'une habitude constante : la méthode la plus généralement adoptée est de se mettre les genoux en se reposant sur les talons, ou de se tenir les jambes croisées et repliées l'une sur l'autre, à la manière de nos tailleurs.

Les Tartares n'attendent jamais qu'on les salue, et tous s'empressent à l'envi de se prévenir les uns les autres quand ils se rencontrent entre amis. Malgré ces habitudes de politesse, qui sont générales, les Tartares, et particulièrement ceux d'un rang élevé, ont un certain air de dignité et même de hauteur.

L'instruction des Tartares est en général fort incomplète : essentiellement guerriers jusqu'au jour de leur asservissement, ils regardaient l'étude comme indigne de captiver l'esprit, et portaient l'indifférence sur ce point à un degré tel, qu'il y a quelques années à peine beaucoup, et des plus haut placés d'entre eux, ignoraient jusqu'à l'art de signer leur nom, et se contentaient, comme nos seigneurs au moyen âge, de tracer une croix grossière au bas des actes où ils étaient appelés à figurer. Depuis quelque temps la paix dans laquelle ils vivent leur a fait apprécier davantage le prix d'une instruction trop longtemps dédaignée, et le nombre de ceux qui ne savent point écrire devient chez eux de plus en plus restreint. L'instruction primaire se répand même à ce point qu'il n'y a pas de village qui ne possède son école fréquentée par tous les jeunes garçons du voisinage. Le mode d'enseignement de la lecture est assez remarquable pour qu'on le note en passant. Tous les jeunes écoliers sont réunis dans une salle commune; l'enfant le plus âgé ou le plus habile commence à haute voix une lecture qui est toujours de quelque copie manuscrite du Coran; les condisciples du lecteur, accroupis suivant l'usage du pays sur de petits bancs peu élevés, accompagnent de leurs voix et marquent la mesure en remuant la tête. Quand cette première lecture est finie, un second élève la recommence et les autres continuent à l'accompagner de leur psalmodie; cela dure jusqu'à ce que chaque élève ait lu le passage à son tour. On finit d'ordinaire par le plus faible. Cette méthode a l'avantage, en même temps qu'elle apprend à lire, de graver dans la mémoire des jeunes gens les passages du livre saint que tout bon musulman doit savoir par cœur.

La science des Tartares de Crimée en agriculture n'est guère plus avancée que leur instruction littéraire, leur paresse notoire leur ayant toujours fait négliger cette source première de toute richesse et de tout bien-être. Cette contrée, qui fournissait autrefois aux besoins de la Grèce, peut à peine maintenant suffire à la nourriture du petit nombre d'habitants qui lui restent. Le terrain est toujours, dans certaines parties, d'une fertilité admirable, mais la négligence des cultivateurs et les mauvais procédés qu'ils emploient lui permettent à peine de rendre la cinquième partie de ce qu'il est susceptible de produire.

La charrue dont se servent les Tartares est un instrument à deux roues du travail le plus grossier. Ils y attellent, suivant la nature du sol, deux, trois et même quatre paires de bœufs. Au lieu de herse ils se servent de longues branches d'épine assujetties entre deux bois transversaux sur lesquelles ils posent quelques pierres; les habitants des montagnes emploient des buffles, dont la force prodigieuse est indispensable pour un labour aussi pénible que l'est celui de ces contrées. Dans ces régions élevées la nature pierreuse du sol ne permet pas au cultivateur de se servir de la grande charrue tartare à deux chevaux, mais seulement d'un croc avec un soc en forme de lame assujetti presque horizontalement à son bois et dirigé par un long

levier de frêne; à ce bois, qui a sur le côté deux racloires ou râteaux, est attaché un timon double du levier.

L'ensemencement des terres est loin de donner lieu, comme chez nous, à plusieurs façons successives. Les choses se pratiquent beaucoup plus simplement. L'homme qui laboure marche en avant. Derrière lui vient le semeur. Celui qui herse ferme la marche, de telle sorte que dans le même quart d'heure un sillon se trouve labouré, semé et hersé. Si l'on parlait à nos laboureurs d'une pareille culture, ils ne manqueraient pas de rire, et ils auraient raison, quoiqu'à vrai dire cependant le peu d'épaisseur de la couche végétale en plusieurs endroits ne permette pas toujours de creuser le sol aussi profondément qu'on le fait dans nos campagnes. Mais cette raison est beaucoup moins déterminante pour les Tartares que la crainte du travail auquel les condamnerait une culture moins superficielle; dans les années de sécheresse ces labours trop légers, puisqu'ils n'ont qu'un pouce ou deux de profondeur, sont la cause des plus mauvaises récoltes.

La méthode usitée en Crimée pour séparer le grain de la paille est aussi primitive que celle employée pour le faire pousser. On ne bat pas le blé, on se contente de le faire fouler aux pieds des chevaux. Pour cet effet on choisit un emplacement, circulaire que l'on arrose après qu'il a été aplani et purgé des pierres qui pouvaient s'y trouver; ensuite on le couvre de paille menue. Au milieu de ce cercle on plante un poteau. Aussitôt que la terre est un peu desséchée, on fait fouler la place par des chevaux que l'on attache par une longe au poteau. Ils décrivent de cette manière une ligne spirale jusqu'à ce que la corde soit entièrement roulée sur le poteau. Pour dérouler cette corde, on fait tourner les chevaux dans le sens opposé, et on répète cette opération jusqu'à ce que la paille hachée fasse corps avec la terre et que toute l'aire soit bien battue et ferme. Les gerbes destinées à être foulées sont déliées et répandues en cercle autour du poteau; après quoi on les fait piétiner aux chevaux de la manière que nous venons de décrire.

Les vins sont à l'heure qu'il est un des produits les plus importants de la Crimée; c'est aux Grecs qu'on est redevable d'y avoir introduit la culture de la vigne; les Génois la propagèrent dans la partie du pays dont ils étaient les maîtres. Les bords de l'Alma, de la Katcha et du Belbeck donnent d'assez bon vin quoique d'une qualité inférieure à celui des vignobles du versant méridional, et particulièrement de Soudagh et de Kooz. La culture de la vigne n'est point aussi soignée par les Tartares qu'elle pourrait l'être, ils n'ont point cherché les moyens de renouveler leurs plans se contentant de marcotter les vieux ceps qui ne produisent plus. La nécessité des arrosements et la sécheresse ordinaire aux lieux élevés ont fait planter la vigne dans les vallons, quoique le vin n'y soit pas à beaucoup près d'une aussi bonne qualité que celui que donnent les montagnes. Les différentes espèces de raisin mûrissent depuis la mi-août jusqu'à la mi-octobre. Elles sont très-variées et diffèrent entre elles tant par la couleur et la forme des grains que par la qualité des vins qu'elles fournissent. Les blancs sont généralement d'une nature supérieure et ont plus de feu que les rouges. Ceux de Soudagh et de Kooz approchent beaucoup pour la bonté et la chaleur de quelques vins de la basse Hongrie.

Les grands seigneurs russes propriétaires de terres en Crimée, qui se sont longtemps flattés de l'espoir de boire du bourgogne et du champagne de leur propre cru, n'ont rien négligé pour arriver à ce résultat. Ils ont fait venir à grands frais des plans de nos vignobles de France qu'ils ont fait accompagner par des vignerons du même pays. Mais jusqu'à présent leur attente n'a point encore été réalisée. Ces plans exotiques ne se naturalisent qu'avec peine sur le sol de la Crimée. Peut-être que plus tard ce pays verra ses produits rivaliser avec nos meilleurs crus; mais à cette époque, si l'avenir ne vient pas donner un démenti au présent, il est permis de croire que le champagne et le bourgogne que pourront produire les vignes de la Crimée ne seront pas bus par ceux qui les ont plantées.

Les Tartares ne se sont presque jamais occupés de commerce, leurs inclinations s'y opposant; et ce fut de tout temps par les étrangers que s'effectuèrent les transactions commerciales de la presqu'île. D'abord ce furent les Génois, puis les Grecs et les Arméniens. Nous avons dit quel fut le sort des colonies génoises et comment leur domination fut remplacée par celle des Turcs. Les Arméniens et les Grecs se sont vus ensuite forcés d'émigrer devant les rigueurs des décrets du gouvernement russe. Depuis cette proscription impolitique et qui fut à la Crimée ce que la révocation de l'édit de Nantes fut à la France, ce pays a perdu presque toute son industrie. Les émigrants ont emporté avec eux le secret de plusieurs métiers qui n'ont point cherché à se relever par suite du peu de besoins des Tartares. Quelques fabriques de feutres, d'autres de maroquins, auxquels on donne la couleur rouge et jaune, des tanneries et quelques boutiques de coutellerie sont à peu près les seules branches de l'industrie des Tartares. Les montagnards s'occupent presque exclusivement du charronnage; le travail qui sort de leurs mains est grossier et imparfait.

Avant de quitter les Tartares pour passer aux Russes leurs oppresseurs, il convient de dire quelques mots de deux peuplades errantes auxquelles la tolérance des anciens dominateurs de la Crimée avait ouvert un refuge qu'il y a quelques siècles à peine tant de nations plus civilisées leur refusaient opiniâtrément : nous voulons parler des Juifs et des Bohémiens.

Les Juifs se livrent en Crimée, comme dans tout l'Orient, au petit commerce et à la banque; plusieurs d'entre eux sous des apparences misérables cachent une grande fortune. Grâce à la tolérance des Tartares, ces pauvres persécutés du monde entier, ces malheureux si bien personnifiés par la poétique création d'Ahasverus, ont trouvé moyen de faire en Crimée ce qu'ils n'ont pu réaliser nulle part ailleurs : ils y ont fondé une petite colonie où sous la protection des lois qui défendent tous les autres citoyens ils pratiquent les usages et la foi qu'ils ont importés à travers les peuples et les siècles de la grande ville livrée aux flammes par les soldats de Titus.

C'est dans les murs de Dschoufout-Kalé que prospère cette petite colonie. Le premier voyageur qui ait signalé son existence est l'Anglais Clarke, professeur à l'université de Cambridge, qui parcourait la Crimée dans les dernières années du siècle dernier. La manière dont il rend compte de sa visite aux habitants de Dschoufout-Kalé est trop attrayante pour que je me croie permis d'y ajouter ou d'en retrancher un seul mot. Je me bornerai à traduire :

« Nous continuâmes d'avancer, dit le voyageur anglais dans le cours de son récit, vers le bord d'une pente très-escarpée, et nous aperçûmes sur la cime les murailles de Dschoufout-Kalé. Dans un enfoncement à droite on distingue le cimetière ou le champ de mort des Juifs Karaïtes. Rien de plus propre que ce lieu à inspirer de pieuses méditations. C'est un beau bosquet qui remplit un vide entre les rochers et qu'obscurcit l'ombre d'arbres élevés et de rochers saillants. Un sentier tortueux conduit au milieu de ce théâtre solennel de la destruction. De grands tombeaux en marbre blanc forment un contraste singulier avec la verdure du feuillage. Plusieurs femmes en voiles blancs offraient alors de pieuses lamentations sur les sépultures. Aux approches de la nuit ou le matin une visite aux tombeaux des personnes qui leur furent chères et que la mort leur a ravies est peut-être la seule promenade que se permettent les femmes juives ; rarement elles quittent leurs maisons, et sous ce rapport leurs usages sont les mêmes que ceux des Tartares et des Turcs. Si la croyance où sont ces peuples que les âmes des morts planent sans cesse au-dessus de leurs anciennes demeures terrestres, et qu'elles entrent en communication avec les vivants, pouvait être admise par les fidèles de la religion de Jésus-Christ, il serait impossible de diriger l'esprit humain vers quelque exercice plus consolant ou d'une plus sublime sensibilité. Je ne vis jamais des mahométans ou des Juifs remplir ce pieux devoir sans éprouver quelque chose de très-semblable au désir de partager au moins un moment avec eux cet article de leur foi.

» La rampe qui conduit du cimetière à la forteresse, quoique courte, est si roide, que nous fûmes obligés de descendre de cheval et d'escalader la porte d'entrée. Quelques esclaves cependant employés à faire transporter de l'eau à dos d'âne nous précédaient. La source où ils la puisaient se voit au bas du défilé : c'est un réservoir très-vaste taillé dans les rochers supérieurs et préparé pour l'usage de la colonie. Dès que nous eûmes franchi l'entrée difficile de Dschoufout-Kalé et que nous fûmes dans la ville, nous rencontrâmes plusieurs habitants. Le colonel Dunant, qui m'accompagnait, ayant demandé un des principaux juifs de la ville qu'il connaissait, on nous conduisit aussitôt à sa maison : nous le trouvâmes à midi dormant sur un divan. Il se leva pour nous recevoir et nous présenta des rafraîchissements et diverses sortes de confitures, entre autres des feuilles de rose conservées et des noix sèches; il nous offrit aussi des œufs, du fromage, des pâtés froids et de l'eau-de-vie. Il envoya inviter le rabbin à se réunir à nous : un moment après nous le vîmes paraître. Cet homme était très-estimé de tous les habitants, et avec juste raison : il paraissait parfaitement instruit. Il avait autrefois subi avec beaucoup d'honneur à Pétersbourg un examen public par ordre exprès de l'impératrice Catherine. Son entretien nous intéressa vivement. Nous fûmes également frappés de la vue de cet établissement israélite, le seul peut-être sur la terre où ce peuple existe séparé du reste du genre humain dans le libre exercice de ses anciens usages et de ses habitudes particulières. La ville contient environ douze cents personnes des deux sexes et n'a pas plus de deux cents maisons. Les Tartares possédaient ici un superbe mausolée érigé pour la fille d'un de leurs khans : il est aujourd'hui tombé en ruine. La principale partie de chaque habitation appartient aux femmes; mais tout maître de maison a un appartement particulier où il dort, fume et reçoit ses amis. La chambre dans laquelle on nous admit était de cette espèce. Nous y vîmes un très-grand nombre de manuscrits, plusieurs de la main de notre hôte, d'autres de celle de ses enfants, et tous nous parurent écrits en très-beaux caractères hébraïques. Les juifs de cette colonie regardent comme un acte de piété le soin de transcrire soit la Bible, soit les volumineux commentaires sur son texte au moins une fois dans leur vie. Toutes les copies manuscrites de l'Ancien Testament existant à Dschoufout-Kalé commencent au livre de Josué, et même les plus anciennes ne contiennent pas le Pentateuque : cette partie de la Bible se conserve à part et seulement dans une version imprimée à l'usage des écoles. Dans les synagogues, à l'exception des livres de Moïse, tout est manuscrit. Le rabbin me demanda si nous avions en Angleterre des juifs de la secte karaïte; je ne pus répondre à cette question. Il me dit que quelques personnes de cette secte vivaient en Hollande. Je crois cependant que comme secte elle est très-peu nombreuse. Ces juifs s'appellent *karaïtes*. L'étymologie du nom n'a rien de certain. La différence entre leur croyance et celle des Hébreux en général, d'après ce que nous apprîmes du rabbin, consiste dans le rejet du Talmud, dans le mépris de toute espèce de tradition, de tout écrit ou sentiment rabbinique, de toute interprétation marginale dans le texte de l'Écriture et dans l'usage de prendre pour règle de leur croyance la lettre simple de la loi. Ils prétendent posséder le texte le plus pur de l'Ancien Testament.

» Le caractère des juifs karaïtes est entièrement opposé à celui qu'on attribue en général à leurs frères dans d'autres pays : ils sont exempts de reproche ; leur honnêteté passe même en proverbe dans toute la Crimée, et l'on regarde dans ce pays leur parole comme équivalant à un billet. Ces juifs s'adonnent au commerce ou aux manufactures. Nous fûmes surpris de voir vendre dans les rues de la ville des feuilles de vigne, particulièrement dans un pays où elles pourraient se recueillir en si grande abondance; mais cet article est très-recherché pour la cuisine. Les habitants de Dschoufout-Kalé enveloppent leurs hachis dans ces feuilles, et les servent sur la table en forme de saucisses. Ils observent leurs fêtes avec la plus scrupuleuse rigueur, se privent même de tabac et évitent de fumer pendant vingt-quatre heures de suite. Dès les temps les plus reculés de l'histoire juive cette secte s'est séparée de la tige principale, si toutefois l'on s'en rapporte au témoignage des Karaïtes, et l'on ne doit pas ajouter foi à ce que disent d'eux les rabbins des autres sectes, qui tous les ont en horreur. Ainsi, d'après cette observation, on évitera d'admettre implicitement les relations de Léon de Modène, rabbin de Venise. Le schisme des Karaïtes passe pour remonter au retour même de la captivité de Babylone. Ils apportent un soin tout particulier à l'éducation des enfants, qu'ils instruisent publiquement dans les synagogues. Les Tartares ont à cet égard le même usage. Le jour j'entrais rarement dans un village tartare sans voir les enfants assemblés en quelque lieu public pour y recevoir l'enseignement des personnes chargées de surveiller leur éducation : ils récitaient à haute voix des passages du Coran ou étaient occupés à transcrire des versions manuscrites placées devant eux. L'habillement des Karaïtes diffère peu de celui des Tartares. Tous, quelque âge qu'ils aient, laissent croître leur barbe, au lieu que parmi les Tartares la barbe est une distinction d'âge : les jeunes gens portent seulement des moustaches. Les Karaïtes se servent aussi d'un bonnet de feutre haut et épais garni de laine : il est fort pesant et tient la tête très-chaude. Les Turcs et les Arméniens font souvent de même, et dans les climats méridionaux cette précaution semble être un préservatif contre les suites dangereuses qui résulteraient d'une transpiration interrompue. »

Les cérémonies singulières que ces juifs pratiquent à l'occasion des mariages méritent une courte description : deux ou trois jours avant les noces les voisins et les amis du couple fiancé se réunissent et témoignent leur joie en se livrant à toutes sortes de danses et de jeux. Le jour du mariage la jeune fille accompagnée de ses parents et du rabbin est conduite les yeux bandés à la rivière. Là des femmes toutes nues la déshabillent, et lorsqu'elle n'a plus sur elle d'autre voile que le mouchoir qui lui couvre les yeux on la plonge trois fois dans la rivière. On la rhabille ensuite et on la reconduit, les yeux toujours couverts comme auparavant, à la maison de ses parents en chantant et en dansant au bruit des instruments de musique. Dans la soirée la nouvelle épouse est conduite à son mari; mais pendant tout le temps de la fête elle ne cesse pas d'avoir les yeux bandés.

Les troupes de Bohémiens se rencontrent très-fréquemment sur le sol de la Crimée. Cette race nomade, qu'on voit errante par toute la terre, semble affectionner d'une façon toute particulière les steppes et les montagnes de la Chersonèse; la raison de cette prédilection est toute simple, c'est que dans ces lieux à moitié sauvages et presque sans maîtres ils peuvent arrêter leurs chevaux et leurs chariots, et dresser leurs villes de toile sans crainte que personne s'imagine de venir les troubler dans leurs jouissances et dans leur liberté. Rien de pittoresque comme l'aspect d'un campement de ces éternels voyageurs : là tout est confondu et pêle-mêle, hommes, femmes, filles, vieillards, enfants, chiens et chevaux, car ces hommes au teint de cuivre, à l'œil noir, aux cheveux crépus, au langage étrange, dont la peau se durcit au travers des trous d'un vieux manteau, traversent le monde en traînant après eux leurs familles, faisant argent de tout, vendant, selon les lieux, leurs poignards ou leurs chants, leurs poisons ou leurs filles; mais ne repassant jamais par les lieux qu'ils ont une fois visités. Derniers débris de quelque peuple antique dont l'origine se perd dans la nuit des temps, repoussés avec dédain par chaque nation ils se sont, de leur autorité privée et dans leur impossibilité d'avoir une patrie, faits et constitués citoyens du monde entier, qu'ils parcourent sans repos dans tous les sens, tout en continuant de lui demeurer complètement étrangers. La source de ce fleuve aux mille branches, aussi mystérieuse que celles du Nil, n'a pas moins que ces dernières mis à contribution la patience des savants. Bien des systèmes ont été bâtis sur ces parias de l'univers : les uns les font sortir de Thèbes l'Égyptienne, la ville divine aux cent portes ; les autres retrouvent en eux une tribu perdue du peuple juif ; d'autres s'obstinent à les rattacher à l'Inde, ce vieux tronc où pend toute racine ; d'autres... Mais qu'importent aux bohémiens l'intérêt scientifique qu'ils inspirent ! sans doute même qu'ils l'ignorent, et en tout cas ne s'en inquiètent guère. Faisons comme eux, laissons à d'autres plus érudits le soin de débrouiller ces problèmes obscurs, et qu'il nous suffise, après avoir constaté que les bohémiens sont en Crimée ce qu'on les trouve sur les autres points du globe, de faire remarquer qu'il y a des contrées qui semblent prédestinées, et que la péninsule, après avoir successivement reçu dans son sein tous les barbares du monde, demeure encore la terre de prédilection des hommes qui vivent le plus en dehors de toute civilisation et de toute société.

CHAPITRE QUATRIÈME.

LES RUSSES.

Vandalisme des Russes. — Ce que sont devenus sous leur domination Caffa, Baktchi-Séraï, Koslof, Inkermann, Mangout, Eski-Krym, Kertch et Iénikalé. — Sébastopol ; sa construction, ses ports, ses bassins, ses fortifications, son importance militaire. — Simphéropol. — Pérécop. — Balaklava. — Mœurs des Russes ; goût du fasto ; dépravation ; impudeur des dames russes ; mariages ; noces des paysans ; noces des grands seigneurs ; funérailles. — Introduction des lois russes en Crimée. — Esclavage. — Spoliation des Tartares par les Russes. — Administration de la justice en Crimée avant et depuis la conquête. — Armées russes ; organisation générale ; mode de recrutement ; organisation régimentaire. — Auxiliaires irréguliers. — Détails sur la flotte russe de la mer Noire. — Historique du commerce de la mer Noire en général, et du commerce de la Crimée en particulier.

Il semblait qu'après s'être emparés de la Crimée par la plus odieuse des perfidies, les Russes dussent avoir à cœur de réparer les désastres inséparables de la conquête par une administration sage et bienveillante, et que tous leurs soins dussent tendre dorénavant à se concilier l'esprit des populations soumises, et à élever leur nouvelle province au degré de prospérité que lui assignent si naturellement la douceur de son climat, la richesse inépuisable de son sol, et surtout sa situation admirable sur la mer Noire et sur la mer d'Azof. Il n'en fut point ainsi cependant, et la Crimée loin de gagner à son changement de maîtres vit au contraire renaître pour elle les jours les plus désastreux des invasions barbares, et ne tarda pas à reconnaître que ses nouveaux dominateurs, pour avoir changé de noms, n'en étaient pas moins demeurés ces Scythes stupides et féroces dont elle avait déjà, dans les temps les plus reculés de son histoire, subi le joug écrasant.

De tous les peuples qui ont tour à tour désolé une terre aussi malheureuse, aucun ne s'est montré plus stupidement destructeur que les Russes. Ennemis irréconciliables de la littérature et des arts, ils ont dispersé comme à plaisir tous les monuments qui pouvaient servir à verser quelque jour sur les époques reculées de la Crimée, jeté bas tout ce que leurs devanciers avaient édifié pour le bien de la nation et dans un but d'utilité publique, où s'élevaient des villes riches et splendides amoncelé les ruines et les décombres, porté partout la stérilité et la désolation, établi la servitude où régnait l'indépendance, volé les terres, démoli les maisons, et construit avec leurs débris des citadelles suffisantes sans doute pour opprimer un pays conquis, mais dont les remparts de granit, quelque formidables qu'ils soient, ne sauraient les défendre contre l'arrêt prononcé par la civilisation de l'Occident contre la barbarie du Nord.

Ayons le courage de marcher à leur suite dans leur œuvre de destruction ; aussi bien c'est là, à peu de chose près du moins, l'histoire de la domination russe en Crimée.

Et d'abord c'est Caffa, près de la presqu'île de Kertch, l'ancienne Théodosie, qui dut son origine aux Génois, et dont nous avons dit plus haut la puissance et la splendeur. Cette ville, jadis si florissante, compte aujourd'hui pour toute population une cinquantaine de familles, encore une maison contient-elle plus d'une famille. Le vandalisme des Russes a seul réduit cette cité malheureuse à un état d'abaissement qui fait couler les larmes des Tartares et arrache aussi plus d'un soupir aux Turcs, que leurs affaires de commerce amenaient avant la guerre actuelle, dans l'ancienne capitale de la Crimée. A une époque qui n'est point encore loin de nous, un voyageur, dont les récits sont dignes de foi, assure avoir vu, pendant son séjour à Caffa, renverser les belles mosquées de cette ville ou les changer en magasins à fourrage, faire tomber les minarets, détruire les fontaines publiques et briser les aqueducs : tout cela pour l'appât d'une petite quantité de plomb, que les destructeurs parvenaient à se procurer par ces moyens odieux. Telle est la protection moscovite ; telle est l'espèce d'alliance que les Russes cherchent à former avec toute nation assez faible pour se soumettre à leur pouvoir, assez peu éclairée pour être le jouet de leur perfidie. Mais voici qui est plus fort encore : pendant que des soldats avides accomplissaient cette œuvre de des-

truction, les officiers eux-mêmes se plaisaient à en être témoins. Des minarets superbes, dont les aiguilles élevées donnaient de la grâce et de la noblesse à l'aspect de la ville, ont été impitoyablement jetés à bas. Les établissements religieux, qui semblaient avoir pour garantie la promesse solennelle du gouvernement russe de respecter le culte des Tartares n'ont pas été plus épargnés.

« J'étais dans un café turc à Caffa, dit le voyageur auquel nous empruntons ces détails, quand le principal minaret, un des monuments anciens et caractéristiques du pays et auquel les Russes depuis plusieurs jours avaient attaché des poulies, vint à tomber. La secousse fut si violente que sa chute ébranla toutes les maisons de la place. Les Turcs, assis sur des divans, fumaient, et dans ces occasions un tremblement de terre les tirerait à peine de leur rêverie somnolente. Néanmoins, à cet acte insigne d'impiété et de déshonneur, ils se levèrent et s'exhalèrent en imprécations profondes et amères contre les ennemis de leur prophète. Les Grecs mêmes qui étaient présents témoignèrent leur indignation par de semblables malédictions. »

Ce qu'il y a réellement de plus déplorable dans les ravages des Russes est la destruction des conduits et des fontaines publiques, qui, en amenant les eaux les plus pures des montagnes éloignées, étaient pour le peuple une source continuelle de santé et d'utilité ; les Russes commencèrent par enlever les tuyaux de plomb pour fabriquer des balles ; ils arrachèrent ensuite tous les carreaux de marbre et les dalles de pierre pour les employer à la construction de leurs baraques ; enfin ils mirent en pièces les canaux servant au transport de l'eau, par la raison, disaient-ils, que les porteurs d'eau ne peuvent vivre dans une ville où il y a des fontaines.

La perte de ces monuments n'est pas seulement regrettable au point de vue de l'utilité publique, elle l'est également sous le rapport de la science, car un grand nombre d'entre eux remontaient à une haute antiquité, et plusieurs des fontaines détruites par ces nouveaux Vandales étaient magnifiquement décorées de réservoirs en marbre, à bas-reliefs et inscriptions. Dans tous les pays mahométans on regarde en effet comme un acte de piété de conserver et d'orner les aqueducs ; aussi trouvait-on avant la conquête des constructions de ce genre dans presque toutes les rues de Caffa, quelques-unes servaient de buanderies publiques ; des courants d'une eau aussi claire que le cristal sortaient d'autres fontaines pour abreuver la foule des habitants ; plusieurs pourvoyaient aux ablutions journalières que font les musulmans avant de se rendre aux mosquées. Rien de cela n'a été respecté, tout est tombé sous les efforts brutaux d'une avidité aussi stupide que honteuse.

Baktchi-Seraï n'a pas été plus heureuse que Caffa. Cette ville, que le grand khan Manghély s'était plu à orner de mosquées sans nombre et de palais d'une grande magnificence, et qui depuis cette époque de splendeur ne cessa d'être la résidence des khans de Crimée jusqu'à la chute de leur domination, se trouve située dans la plus heureuse position, entre deux montagnes, au milieu d'un vallon étroit à travers lequel passe la petite rivière de Dchourouk-Sou. Les maisons sont bâties partie dans le vallon et partie en échelons, les unes au-dessus des autres. Le nom de cette ville signifie *Palais des Jardins*, et jamais appellation ne fut donnée à plus juste titre. L'aspect de cette cité, qui n'a rien d'européen, et dont les mœurs et les coutumes sont entièrement orientales, frappe surtout le voyageur étonné par le spectacle des fontaines jaillissantes, des eaux vives, des jardins, des terrasses, des vignes suspendues et des bosquets de peupliers noirs, qui semblent s'agiter et croître pour adoucir l'horreur des rocs et des précipices et la rendre même attrayante par le contraste. La vénération religieuse des Tartares pour les fontaines avait porté leurs khans à n'épargner aucune dépense pour se procurer les eaux les plus pures. Ces sources, ornements les plus agréables d'une ville, sont en si grand nombre à Baktchi-Seraï, qu'on en trouvait dans toutes les parties de la ville. Une eau aussi froide que la glace, aussi limpide que le cristal en sortait jour et nuit. Une d'entre elles répandait, par dix tuyaux et à grands flots, la plus belle eau sur un pavé de marbre. C'est là que quatre fois toutes les vingt-quatre heures les Tartares, appelés par leurs mollahs, se réunissaient pour faire leurs ablutions avant de se rendre à la mosquée.

On voit encore dans cette ville les mausolées des princes tartares, ainsi que les restes du splendide palais dû à la munificence de Manghély. Ce palais, successivement embelli par les héritiers de la couronne de Crimée, paraît encore, malgré son état d'abandon et de ruine, une de ces fantastiques conceptions dont les poètes de l'Orient embellissaient leurs contes. Situé au bout de la grande rue marchande de Baktchi-Seraï, sur la pente même du vallon, ce palais consiste en différents bâtiments construits dans le goût oriental autour de plusieurs cours.

Là se voient encore de larges rosaces découpées à jour comme une dentelle précieuse ; des dômes et des aiguilles de la plus grande légèreté, des portes en ogive, de petites colonnes réunies en faisceau, de riches incrustations ; des murs tapissés de mosaïque, recouverts d'or ou d'éclatantes couleurs ; de larges péristyles pavés en marbre, des bosquets de myrtes et de roses et mille fontaines qui répandaient une eau limpide et entretenaient une douce fraîcheur. Tout dans cette résidence des anciens khans rappelle l'Alhambra de Grenade et les palais enchantés de quelque Bagdad inconnue.

Tout délabré qu'il est aujourd'hui ce palais de féeries fait encore l'orgueil des habitants de Baktchi-Seraï. A l'aspect de ses ruines, qui lui rappellent un temps de gloire et de puissance, le Tartare, un instant transporté dans le passé, oublie les humiliations de sa condition présente pour invoquer les ombres de ces générations de guerriers qui, dans les loisirs de la paix, venaient ici prodiguer les trésors enlevés aux vaincus ; mais son rêve n'est pas long : le pas mesuré d'une sentinelle qui passe près de lui l'arrache bientôt à son illusion, car la sentinelle est russe. Russe aussi est l'aigle de bronze qui étend ses ailes au-dessus du vaste portique que décorait autrefois le croissant; et l'enfant du prophète, le front humilié et le regard triste, s'éloigne lentement en murmurant une malédiction et en invoquant une vengeance. Puissent ces vœux être bientôt exaucés !

Si Baktchi-Seraï n'a pu échapper au vandalisme des oppresseurs de la Crimée, il a eu au moins l'avantage, grâce à sa position dans l'intérieur des terres, de garder son cachet de nationalité. Catherine, qui ne voulait de la Crimée que son littoral, a négligé complétement l'ancienne capitale des khans et bien moins par générosité que par dédain a spécialement abandonné cette ville aux Tartares qui en forment avec les juifs la population tout entière. Cette population, qui sous les khans s'élevait à près de trente mille habitants, atteint à peine aujourd'hui le chiffre de six mille.

Si en même temps que nous racontons le triste sort des principales villes de la Crimée, nous voulions parler en détail des cruautés, des extorsions, des vols et de la barbarie exercés par les Russes sur les malheureux habitants, ce récit excéderait toute croyance. Pourrait-on s'imaginer par exemple que plus d'une fois on a vu des soldats russes s'amuser à faire feu et s'exercer comme à une cible sur des mollahs, ou prêtres tartares, lorsque ceux-ci montaient sur les minarets au milieu du jour pour annoncer l'heure ! pourrait-on croire surtout que ces actes de cannibales n'ont été l'objet d'aucune répression de la part des officiers russes ! et pourtant rien n'est plus vrai !

Bornons-nous donc à citer rapidement les noms des villes jadis florissantes dont les Russes ont fait autant de ruines.

Koslov, située à l'occident de la presqu'île sur les bords d'une baie sablonneuse et circulaire, ville jadis centre d'un grand commerce et qui compte maintenant à peine deux ou trois mille habitants errant dans des rues désertes au milieu de mosquées et de maisons en ruine.

Inkermann, nommée par les Grecs Théodosie, située au fond du port de Sébastopol, presque entièrement dépeuplée.

Mangout ou Mankoup, ancienne Gothie, ville autrefois considérable, située sur une montagne très-élevée au bord de la rivière de Cabasde. Habitée, avant l'occupation de la Crimée par la Russie, par une population nombreuse de Juifs et de Tartares, elle est aujourd'hui complétement déserte.

Esky-Krym (ancienne Krym), qui sous la domination tartare donna son nom à toute la presqu'île, est située avec ses ruines étendues dans une plaine fertile au pied de la montagne de Agermych. Cette ville, autrefois si peuplée et si florissante, n'offre plus que des décombres épars. Elle est presque inhabitée.

Kertch, autrefois Panticapée et plus récemment Bosphore, longtemps commerçante et peuplée, compte maintenant tout au plus une centaine de maisons habitées par des Grecs misérables qui n'ont que la pêche pour moyen d'existence.

Enfin Iénikalé sur le coin méridional de la pointe la plus avancée de la presqu'île, ville naguère importante qui, comme Kertch sa voisine, ne possède plus aujourd'hui qu'une centaine de bicoques occupées par des pêcheurs grecs.

Après un dernier regard de regret jeté sur ces ruines encore fumantes, hâtons-nous de passer à des tableaux moins sombres, et après avoir dit ce que les Russes ont détruit arrivons à ce qu'ils ont édifié.

En première ligne figure Sébastopol, port de guerre moins intéressant encore par sa situation que par le drame terrible qui s'y déroule actuellement et dont le dénoûment est encore ignoré.

Ce n'était point assez pour Catherine d'avoir, à l'extrémité de son empire, à quelques lieues de sa capitale, une citadelle maritime réputée imprenable. La czarine avait compris dès longtemps qu'une flotte emprisonnée dans les glaces pendant six mois de l'année ne pouvait lui conquérir l'empire universel, objet de ses rêves ambitieux. La Crimée n'avait été envahie que pour ouvrir la mer Noire à ses vaisseaux; aussi, à peine avait-elle posé le pied sur cette provinces qu'elle songea à se créer une marine dans ces mers plus favorisées que celles de Cronstadt. L'emplacement de l'ancien village d'Actiar fut choisi pour l'édification d'une ville qui devait servir de centre et de point de ralliement aux flottes dont elle méditait la création, et que son imagination ardente lui représentait déjà forçant les Dardanelles et portant sur tous les points et dans toutes les mers du globe le pavillon et la domination russes.

Il était difficile de faire élection d'un point plus favorable à la réalisation de ces vastes desseins. L'emplacement où l'on posa les premières pierres de la nouvelle ville est en effet, sans contredit, un des ports les plus remarquables de l'Europe. La nature en avait fait presque tous les frais en creusant cette rade magnifique dont les ramifications forment autant de bassins admirablement appropriés à tous les besoins d'une flotte militaire. Sébastopol, située au sud de la pointe occidentale de la Crimée qui fait saillie dans la mer Noire, semble un poste avancé près du cap Chersonèse, dans les flancs duquel sont creusés neuf ports différents dont cette ville est le point central. Trois de ces ports sont situés dans la baie même, au fond de laquelle se trouve la nouvelle cité. Tous ont leur ouverture tournée vers le nord.

La ville et la forteresse qui la domine s'élèvent en amphithéâtre au sud du havre, et s'étendent le long d'une pointe de terre qui sépare la baie d'Yujuaia-Bukhta, formant le port, de la baie de l'Artillerie, qui n'est qu'une simple échancrure située de l'autre côté du havre. Cette ville repose sur un sol de pierres calcaires qui d'une hauteur de trente pieds seulement à l'extrémité qui trempe dans la mer s'élève graduellement jusqu'à plus de deux cents pieds. Cette élévation et celle de la côte opposée défendent parfaitement la baie, qui, du sommet de ces deux hauteurs, paraît être une profonde cavité, et est en effet à tel point dominée par elle que des campagnes adjacentes il est impossible d'apercevoir la cime des mâts les plus élevés.

A l'époque où la création de la place de Sébastopol fut décidée on voyait encore, non loin de l'emplacement où elle s'élève aujourd'hui, des fûts de colonnes, des chapiteaux et des églises du Bas-Empire, à moitié enterrés sous le sol, qui attestaient encore par la majesté de leurs ruines la richesse et la grandeur de l'antique Kherson, fondée par les Héracléens 600 avant J.-C. Mais le vandalisme moscovite eut vite raison de ces précieux débris : une quarantaine s'éleva d'abord sur l'emplacement de la ville héracléenne, et dès lors furent rapidement démolis et emportés pierre à pierre les vestiges qui subsistaient encore de ces monuments ; ils allèrent s'entremêler aux briques pour former les remparts de la ville nouvelle.

La disposition amphithéâtrale de Sébastopol permet au regard d'en embrasser tout le plan et lui donne de loin un aspect de grandeur qu'un examen plus minutieux ne justifie pas complétement. La ville se compose de rues parallèles à la côte superposées les unes aux autres et divisées en quartiers par quelques rues transversales qui, du sommet de la côte, viennent aboutir à la mer. Près de la pointe de terre est la maison qui fût bâtie en 1787 pour la réception de Catherine, et qu'on a toujours entretenue depuis avec une sorte de pieux respect. En arrière se trouvent l'amirauté, l'arsenal, les maisons des administrateurs de la marine ; et dans la partie supérieure, les demeures des habitants, les marchés et l'église grecque. Les hôpitaux, les casernes et les magasins d'approvisionnement sont en général situés de l'autre côté du havre, et forment avec les casernes de la garnison une espèce de faubourg séparé du reste de la ville ; les quartiers de l'artillerie, ainsi que la quarantaine, forment encore un autre faubourg séparé en dehors de la ville et du côté de la baie dite de l'Artillerie. La ville de Sébastopol proprement dite ne renferme que quelques milliers d'habitants ; mais, même en temps ordinaire, elle possède un nombre de marins et de soldats qui s'élève de vingt-cinq à trente mille. L'intérieur de cette place, quoique ne répondant pas entièrement au brillant panorama qu'elle offre de loin, est pourtant d'un ensemble satisfaisant ; les rues sont larges et les maisons d'un aspect agréable. Par un ukase spécial, il est permis aux seuls Russes d'habiter dans l'enceinte de ses murailles; les Juifs et les Tartares en sont surtout expressément exclus.

Dans la description de cette ville importante, la grande rade mérite tout d'abord d'attirer l'attention. Elle se dirige de l'ouest à l'est, et s'avance de sept kilomètres dans l'intérieur des terres sur une largeur moyenne de mille mètres. Cette rade sert de station à toute la partie active de la flotte ; c'est là qu'en temps ordinaire se trouvent à l'ancre les navires destinés aux courses de la mer Noire et les bateaux à vapeur de service, c'est là aussi que viennent s'exercer aux manœuvres les nombreuses embarcations de la marine.

A l'est et au pied même du coteau sur le versant duquel se trouve Sébastopol, la baie du Sud se prolonge sur une longueur de plus de trois mille mètres. Ce port est entouré de vastes magasins ; il sert à l'armement et au désarmement des navires C'est dans son sein que se pressent les uns contre les autres les pontons et les vieux vaisseaux hors de service, dont les uns sont convertis en magasins et les autres servent de logement aux forçats employés aux travaux de l'arsenal. Au delà de la baie du Sud s'ouvre une autre baie dite anse des Vaisseaux ; c'est sur ce point que le gouvernement russe fait exécuter depuis un certain nombre d'années des travaux considérables qui ont pour but la construction d'un dock immense partagé en cinq bassins indépendants et destinés à la réparation simultanée de trois vaisseaux de ligne et de deux frégates.

Une grande difficulté se présentait dans l'exécution de ces constructions. Comme le rivage est trop élevé au-dessus du niveau de la mer, les bâtiments à réparer n'auraient pu être amenés de la rade ou du port dans les chantiers sans le secours de quelque ouvrage particulier, car il n'y a point de marée, et par conséquent point de niveau variable dans la mer Noire. On a surmonté cette difficulté en taillant dans le roc trois écluses au moyen desquelles on élève les plus grands vaisseaux, même ceux de cent vingt canons, jusqu'à un grand bassin qu'on a creusé dans les dernières pentes; de là ils sont introduits par des portes de différentes grandeurs dans les docks adjacents où sont les chantiers. Une fois les bâtiments entrés, on remet les docks à sec en ouvrant aux eaux une porte d'écluse par laquelle elles s'écoulent dans la mer. Pour remettre les vaisseaux à flot, on se sert du procédé inverse; les docks sont de nouveau remplis, les bâtiments passent dans le grand bassin et descendent par les écluses dans la mer.

C'est à un ingénieur français, M. Raucourt, que sont dus les plans primitifs de cette importante construction. L'évaluation de la dépense totale du travail était portée par lui à six millions de roubles. Ce chiffre effraya le gouvernement : il y eut des hésitations; pendant ce temps se présentait un ingénieur anglais qui proposait d'accomplir les mêmes travaux pour une somme moitié moindre, et promettait de terminer tous les ouvrages dans l'espace de cinq ans. Le comte Worouzoff usa de son influence pour faire accepter ces dernières propositions, le plan de l'ingénieur anglais fut adopté, et les travaux

ouvrages de défense et décrire sommairement ces fameuses fortifications dont les Russes se montraient naguère si fiers, et qu'ils vantaient comme une des merveilles de l'art moderne.

A l'approche de la passe qui donne ouverture dans la baie, la première défense que l'on rencontre dans le sud se compose d'un fort à double rang de batteries en terre armées de cinquante pièces de gros calibre et d'une autre batterie armée de cinquante et une pièces, laquelle a reçu le nom de grande batterie de la Quarantaine par suite du peu de distance à laquelle elle se trouve de cet établissement.

Plus avant, sur la crête de la falaise qui forme la partie occidentale de la baie de la Quarantaine, s'élève un autre fort étoilé, également armé de cinquante pièces.

Le fort Constantin et le fort Alexandre, placés l'un sur la côte septentrionale, l'autre sur la partie occidentale de la baie de l'Artillerie, sont destinés à la défense du grand port, et la baie du Sud est principalement protégée par les deux batteries dites de l'Amirauté et de Paul, destinées à foudroyer les vaisseaux qui tenteraient d'en

Tartares sortant de la mosquée.

furent commencés dans l'été de 1832, voilà par conséquent plus de vingt ans. Cependant les travaux ne sont pas terminés, et les frais de construction se sont déjà élevés à plus de douze millions de roubles. « Les bassins tels qu'ils sont exécutés, dit à ce sujet un voyageur moderne, M. Hommaire de Hell, nous semblent cependant fort loin d'être en harmonie avec les énormes dépenses qu'ils ont déjà occasionnées, et l'on conçoit difficilement que l'on ait osé employer une craie fragile et sans force pour des constructions hydrauliques de cette importance. Les angles des murs sont, il est vrai, en granit ou en porphyre, mais cette singulière association de matériaux aussi hétérogènes forme elle-même la critique la plus acerbe du mode de construction qui a été adopté. »

Quant à la baie de l'Artillerie qui se trouve à l'ouest de la ville et à celle du Carénage, la nature s'est montrée aussi libérale envers elles qu'envers les autres; mais la négligence des Russes est cause que ces deux ports se sont comblés petit à petit, et se trouvent aujourd'hui réduits à fort peu de chose. Ils étaient dans le principe destinés à l'ancrage des navires du commerce, et cesseront bientôt de pouvoir servir à cet usage, à moins que des travaux indispensables de nettoyage ne mettent fin à l'état de choses actuel.

Après avoir parlé des différents ports compris dans l'enceinte de la baie de Sébastopol nous allons entrer maintenant dans le détail des

forcer l'entrée. Composés de trois étages de batteries et hérissés chacun de deux cent cinquante à trois cents pièces d'artillerie, les quatre forts que nous venons de nommer constituent les principaux moyens défensifs de la place et paraissent véritablement formidables au premier abord. Les remparts de ces forts ont à peu près six pieds d'épaisseur; mais les embrasures ou ouvertures des casemates sont si petites, qu'il n'y a aucune possibilité de pointer ni à droite ni à gauche : inconvénient immense, mais auquel les Russes n'attachent pas d'importance vu la grande quantité de leurs bouches à feu.

Ces casemates servent de caserne; dans l'hiver elles sont chauffées avec des poêles; un passage règne dans toute la longueur de la batterie entre les canons et les hamacs des hommes; au centre de chaque batterie est un fourneau à rougir les boulets. « Tous ces forts, dit un homme compétent, M. le major Yonval, dans sa correspondance avec le *Moniteur de la Flotte*, datée de Constantinople, le 4 février dernier, tous ces forts, dans lesquels le système des casemates a été étendu, sont, comme construction et comme étendue, uniques dans les annales des fortifications; car, quoique les casemates soient d'un usage fréquent, elles ont été rarement appliquées sur une grande échelle. Toutes ces batteries ont donc les graves inconvénients attachés à ce système de défense, qui fait que chaque boulet ennemi en entrant forme avec les éclats de pierre une mitraille effroyable pour les canonniers. L'artillerie n'y peut pas faire un service prolongé, car la fumée de la poudre, en s'accumulant dans les galeries, empêche les artilleurs de faire usage de leurs pièces, et ne leur permet pas de résister à la suffocation qui les atteint. Pour obvier à cet inconvénient si grave, l'ingénieur a diminué autant que possible les embrasures, qui sont petites, et afin de combattre la fumée il a établi les fenêtres basses ayant le double inconvénient d'affaiblir les murs et de permettre aux bombes de tomber dans les casemates par la cour.

» Toutes ces batteries sont fermées à la gorge par un mur garni de meurtrières et par des portes qui peuvent être facilement enfoncées; mais ces ouvrages ne sont pas construits pour résister à une attaque par terre, et pris à revers ils ne seraient pas en position de tenir, car la ville, située en amphithéâtre, commande tellement les forts que quiconque est en possession de la ville et des hauteurs devient maître forcément de tous les ouvrages. »

Ces dernières réflexions, faites évidemment par un homme de l'art, sont d'ailleurs complétement d'accord avec tous les renseignements

Considérée sous le seul rapport maritime, Sébastopol, malgré sa position si favorable, présente cependant un des inconvénients les plus graves : ses eaux sont infestées par des myriades de vers phosphorescents désignés par Linné sous le nom de *teredo navalis* ou *calamitas navium* qui, s'attachant aux navires, en rongent les bordages et les mettent souvent hors de service en moins de deux ou trois ans. Le seul moyen de préserver les bâtiments des ravages de ces dangereux animaux consiste à les renverser sur le flanc pour leur faire subir l'opération du feu, et surtout à les doubler en cuivre; encore ces remèdes sont-ils complétement insuffisants, et le gouvernement, pour parer à cet inconvénient, se décida à alimenter les bassins du dock avec de l'eau douce. Dans la persuasion qu'en établissant un courant on chasserait tous ces vers dans la haute mer, on chercha à détourner la Tchernoï-Betchka, qui débouche dans le fond de la rade principale. Des travaux considérables furent commencés et ils allaient être terminés quand on imagina de finir par où l'on aurait dû commencer : on soumit les eaux de la rivière à une scrupuleuse analyse

École de jeunes filles (Crimée).

qui sont parvenus en France depuis quelque temps sur la force et sur la valeur des fortifications de Sébastopol; et il demeure aujourd'hui bien constaté que le gouvernement russe, exclusivement préoccupé des attaques par mer, n'a qu'imparfaitement songé aux moyens de se défendre contre les descentes si faciles pourtant sur toute la côte de la Chersonèse, et que par suite de cette imprévoyance la ville de Sébastopol, ouverte sur plusieurs points et avec des batteries dépourvues intérieurement d'artillerie, ne peut pas du côté de la terre se défendre avec autant d'avantages contre les invasions de l'ennemi.

Encore si ces travaux à l'aspect redoutable avaient été exécutés avec soin; mais la dilapidation des fonctionnaires publics, cette plaie de toutes les administrations russes, a fait sentir son influence là comme partout ailleurs. Le gouvernement a été trompé sur la valeur des travaux aussi bien que sur celle des matériaux. Les ingénieurs de l'empire, pour élever des batteries à trois étages qui supportent jusqu'à trois cents pièces d'artillerie, n'ont pas craint d'employer de mauvais petits moellons de calcaire grossier. Les constructions ont été ensuite exécutées avec tant de négligence et les dimensions des voûtes et des murs ont été tellement restreintes, qu'aucune de ces batteries, d'après l'opinion des gens de l'art, n'est capable de résister à la commotion produite par la mise en activité de sa nombreuse artillerie.

qui eut pour effet de constater que ce sont précisément ses eaux vaseuses qui amènent dans le port de Sébastopol les vers dont on voulait se débarrasser. Inutile de dire que les travaux ne furent pas continués et qu'on en fut pour les frais énormes qu'on avait faits d'une manière si imprévoyante.

Nous nous bornerons à ces détails sur Sébastopol, qui, comme on le voit, représente assez bien dans son ensemble le caractère de la grandeur russe : une apparence gigantesque et formidable cachant une faiblesse réelle.

Après Sébastopol, la construction la plus importante que les Russes aient faite en Crimée est celle de Simphéropol, ville nouvelle qu'ils ont élevée sur l'emplacement même de l'ancienne Akh-Metcheth (mosquée blanche) des Tartares, qui était au temps des khans la seconde ville de Crimée et la résidence d'un kalga-sultan ou lieutenant du khan. Simphéropol, qui est aujourd'hui la capitale du pays et la résidence de toutes les autorités russes, offre le spectacle étrange de deux ville juxtaposées, l'une, l'ancienne, située dans la partie la plus haute, cité tartare, avec ses hautes murailles, ses rues étroites et en zigzag, ses minarets, ses coupoles, ses bazars; l'autre russe, triste et monotone comme toutes leurs constructions, avec de grandes rues alignées au cordeau et une place démesurément grande, surtout si on la compare à l'importance de la cité. C'est autour de cette place que s'élèvent les principaux édifices publics : un vaste hôpital, le palais de justice et les archives. Sur une autre place moins considérable se dresse la cathédrale, monument aux proportions plus ambitieuses que grandioses. C'est sur les bords du Salghir, traversé par un pont de pierre, que se trouve l'hôtel du gouvernement. Cette ville, qui, par ses proportions, pourrait contenir cinquante mille habitants, en compte tout au plus douze mille dont la moitié Tartares.

Pérécop n'a guère d'importance que celle que les géographes lui accordent généralement sur la carte. Au nom de cette ville, qui signifie rempart, on se figure volontiers une forteresse inexpugnable de nature à défendre le passage important de l'isthme, la réalité est loin de répondre à cette idée, cette ville n'étant guère qu'un hameau de l'aspect le plus triste et le plus misérable, dont en temps ordinaire quelques vieux invalides hors de service forment toute la garnison. Un rempart très-peu formidable s'étend d'une mer à l'autre, distance qui dans la partie la plus étroite du travers de l'isthme n'excède guère quatre kilomètres. Du milieu du passage on distingue l'eau de l'un à l'autre bord. Au côté nord de ce rempart on a creusé un fossé large de soixante pieds et profond d'environ vingt-cinq; mais il est depuis longtemps à sec, il paraît très-difficile de le remplir.

L'air, très-mauvais dans ce lieu, est cause que les habitants de la ville et des hameaux voisins, la plupart soldats licenciés, souffrent extrêmement des fièvres intermittentes. Pendant l'été, Pérécop s'anime à l'occasion du grand commerce qui s'y fait. Les rivages de l'isthme et toutes les steppes voisines sont couverts de caravanes qui viennent chercher du sel. Chaque soir ces caravanes font halte au coucher du soleil; les conducteurs détellent leurs bœufs pour les abandonner dans les pâturages; eux-mêmes se couchent en plein air et passent ainsi la nuit sur la steppe pour repartir le lendemain à la pointe du jour. Rien peut-être n'est plus remarquable que le spectacle de ces trains immenses de chariots s'avançant lentement sur une ligne droite par centaines à la fois et offrant dans leurs scènes animées le tableau du commerce intérieur qui projette des rameaux dans toutes les parties du vaste empire de Russie.

Il ne nous reste plus à citer parmi les villes de Crimée que celle de Balaklava, qui, au surplus, ne mérite guère d'intérêt que par son histoire ancienne et surtout par le séjour qu'y fait en ce moment une partie des flottes combinées de la France et de l'Angleterre. Cette ville, qu'on découvre à peine au milieu des rochers qui la cachent, est située un peu à l'est de Sébastopol, sur la côte méridionale de la mer Noire. Elle est entourée de montagnes et de ruines parmi lesquelles on découvre encore les restes d'une ancienne cité grecque dans le nom de laquelle quelques personnes prétendent découvrir l'étymologie du nom actuel de la ville. D'autres, et peut-être avec plus de raison, pensent que ce nom a une origine génoise et le font dériver de *bella clava* (le beau port). Cette dernière étymologie est du reste justifiée suffisamment par l'aspect de Balaklava, qui est sans contredit un des ports les plus remarquables de la Crimée. Quoique l'entrée en soit assez étroite pour ne laisser aux vaisseaux qu'un passage fort difficile, il offre cependant dans tous les temps un ancrage excellent et un abri contre les effrayantes tempêtes de la mer Noire. Les vaisseaux de guerre de toute charge y rencontrent une profondeur d'eau suffisante et un sûr asile. Ce port, qui a été longtemps un repaire de contrebandiers et de pirates, est aujourd'hui habité par une colonie de Grecs Arnaout, à qui l'impératrice Catherine a donné cette ville en récompense des services rendus contre les Ottomans. Ces originaires de Mizitra, des îles Céphalonie et de Zante y vivent sans aucun mélange de Tartares ni de Russes, en s'occupant principalement de culture et de pêche.

Balaklava, dont les Génois avaient compris l'importance et qu'ils avaient considérablement fortifié, n'est plus aujourd'hui qu'un amas de maisons délabrées et d'enclos mal défendus par des murs à moitié détruits, parmi lesquels il n'y a guère de conservé qu'une seule rue garnie de boutiques toujours fermées, une église et un corps de garde.

On comprend assez, d'après ce que nous venons de dire, que la manière dont le gouvernement russe en a toujours agi avec la Crimée n'a pas dû contribuer à lui concilier l'affection de ses nouveaux sujets : aussi l'aversion des Tartares pour leurs tyrans est-elle portée à un degré plus haut qu'on ne saurait le dire, et cette antipathie est encore augmentée et constamment alimentée par la différence des religions et surtout par les habitudes et les mœurs de la société russe, si opposées en tout point à celles des populations musulmanes, qu'elles blessent dans leurs préjugés les plus respectables.

Qu'il nous soit permis de tracer de ces mœurs un rapide tableau, afin que le lecteur, mis à même de le comparer avec celui des mœurs tartares que nous avons exposé plus haut, puisse facilement tirer lui-même de ce rapprochement toutes les conséquences qui en découlent.

La société russe de la Crimée se compose de deux classes distinctes : les militaires et ceux qui ne le sont pas. Ces deux espèces de personnes se méprisent mutuellement autant l'une que l'autre. Les militaires sont fiers, cérémonieux et bas; en toutes circonstances, aussi bien en public que dans les sociétés privées, le grade est toujours la mesure de la considération et du respect que l'on accorde à l'individu. Les choses sont poussées si loin à cet égard, qu'à table, même dans les réunions privées, on sert chaque personne selon son grade : d'abord le général et sa femme, puis le colonel et la sienne, et ainsi de suite d'après l'éclat des titres et des dignités; les restes viennent aux autres convives. Cet usage suffirait seul pour expliquer ce que nous trouvons si étrange dans la nation russe, où tant de généraux ne sont pas militaires, où tant d'officiers civils jouissent des prérogatives des généraux. Le gouvernement a compris que c'était le seul moyen de leur donner un rang dans la société et principalement de leur épargner le désagrément d'être contraints pendant toute leur vie à se nourrir du rebut des tables.

Les gens qui ne sont pas militaires, ayant moins de morgue, forment par conséquent une classe plus réservée et plus aimable; mais, quelle que soit leur position, tous les Russes ont la passion de la parure et du jeu, et ces folles vanités les entraînent souvent dans les excès les plus honteux. La simple paye d'un officier russe, en général fort minime, est toujours insuffisante pour suffire à ses prodigalités, la plupart cependant n'ont que cette paye pour toute fortune; mais quand ils réussissent à épouser quelque jolie femme, ils ferment constamment les yeux sur ce qui se passe dans l'intérieur de leur famille s'ils peuvent attendre quelque argent de cet acte de complaisance. Les Russes aiment passionnément les cartes et le billard. Leur goût pour les liqueurs fortes est trop connu pour qu'il soit besoin d'insister sur ce point; l'ivrognerie est chez eux un vice commun à toutes les classes de la société; les bals qui ont lieu en hiver et surtout durant le carnaval finissent toujours par dégénérer en de grossières orgies qui ne se terminent presque jamais sans désordre.

Un usage qui blesse surtout à un haut degré la modestie des mœurs tartares c'est celui des bains chauds, dans lesquels les sexes se rencontrent mêlés ensemble dans l'état le plus complet de nudité. Les choses en Crimée vont même plus loin sous ce rapport que dans les autres parties de la Russie. La douceur du climat permettant l'usage des bains de mer, il n'est pas rare de voir des femmes de la plus haute classe se déshabiller entièrement sur la plage sans s'inquiéter de la présence des hommes qui circulent, et l'on rencontre souvent l'été des troupes de ces nymphes marines sortant du sein des flots, au grand scandale des Tartares, dans l'état où Vénus apparut pour la première fois au monde.

Les Russes portent les profusions de la table à un degré qu'on ne voit nulle part ailleurs et font à toute heure du jour et dans toutes les circonstances une consommation très-grande de thé. Leur passion pour cette boisson égale au moins celle des Tartares pour le café.

Leur manière de voyager est toute différente de celle des habitants de la Crimée. Ceux-ci vont toujours à cheval, les Russes de quelque distinction ne se montrent guère qu'en voitures. Ils en ont de plusieurs sortes, parmi lesquelles le droski mérite une mention à cause de son caractère et de son origine nationaux. Cette voiture, qui est très-basse, n'est en général attelée que d'un seul cheval : elle a un siège pour une seule personne, de chaque côté, entre les roues de devant et de derrière, un autre siège placé de front est destiné au cocher. Les sièges sont placés de la manière la moins sociable, les voyageurs étant placés dos à dos. On s'étend dans quelques-unes de ces voitures des roues de devant à celles de derrière sur un carreau garni et rembourré, et les conducteurs s'asseyent, ayant, autant que possible, les jambes écartées. On conduit ces voitures à grandes guides; quelquefois elles sont tirées par trois chevaux de front : les chevaux de côté vont l'amble, tandis que celui du milieu trotte. L'effet en est très-agréable.

La naissance, le mariage et la mort sont pour les Russes comme pour tous les autres peuples l'occasion de cérémonies et de solennités particulières.

Chez eux la naissance d'un enfant est suivie du baptême, qui a lieu à l'église. On mange ensuite en famille et on s'enivre. Pendant le cours des couches de la femme ceux qui viennent la voir doivent, en s'approchant de son lit pour la féliciter ou s'informer de sa santé, lui glisser une pièce de monnaie dont la valeur varie suivant la qualité ou la fortune de celui ou de celle qui fait l'offrande. Les personnes de qualité ne peuvent donner moins d'un ducat. Les gens mariés sont seuls assujettis à cet usage, sans doute parce qu'il ne dépend que d'eux de se faire rembourser. A Pétersbourg on a aboli ce petit impôt. On le paye très-exactement à Moscou et dans toutes les provinces.

Les cérémonies du mariage sont nombreuses et assez singulières. Les époux ne se voient que le jour des noces. On les coiffe et on les pare devant un miroir commun. Ils peuvent approcher leurs joues, mais il faut qu'une étoffe les sépare. Ensuite on se rend en pompe à l'église : les femmes d'un côté, les hommes de l'autre. Là se donne la bénédiction nuptiale. Il n'y a pas longtemps encore que le prêtre accompagnait cette bénédiction de questions que l'on a supprimées comme inutiles. Il disait au jeune homme : « Te sens-tu capable de devenir l'époux de cette jeune fille ? — Oui. — La battras-tu quand la raison l'exigera ? — Oui. » Puis il ajoutait : « Je te défends, au nom de Dieu, de la quitter quand elle sera vieille. » Maintenant on se contente de demander le consentement des deux époux, après quoi le prêtre leur donne à chacun un anneau bénit, puis du vin, dont il leur fait boire trois fois l'un après l'autre et dans le même vase. Pendant la cérémonie les époux ont une couronne sur la tête. Lorsqu'elle est achevée on revient à la maison, où il faut que la mariée ne fasse que se plaindre et se lamenter. Quelques-unes prennent la chose si sérieusement, qu'elles s'égratignent. Cependant on commence les repas, les danses et les chants. Tout ce qui concourt à terminer la fête est un emblème de la fécondité. Le lit de l'hyménée est dressé sur des gerbes, les flambeaux sont posés dans des barils remplis d'orge et d'avoine. Un domestique affidé guette le moment où le mari lui crie que la jeune vierge est devenue sa femme; alors il donne le signal aux trompettes et aux tambours, qui font retentir l'air de fanfares et de roulements redoublés. Le lendemain il est d'usage que le plus âgé de la famille aille porter aux époux en grande pompe un pain fait exprès, sur lequel on incruste une pièce de monnaie, et une des agrafes que les femmes portent sur la poitrine. Avant de le lui donner on pose trois fois le pain sur la tête de la jeune femme. Une coutume bizarre qu'on pratique aux noces russes et dont on ne retrouve l'analogue nulle part est celle du *druschka*. Le druschka, autrement dit *aide du fiancé*, est une espèce de bouffon que l'on appelle à toutes les noces : il est aussi indispensable que les violons en France. La fonction de ce personnage est d'aller dès le matin devant la porte des futurs époux annoncer à haute voix à tous ceux qui se trouvent présents que le très-haut et très-puissant prince ..... et la très-haute et très-gracieuse princesse ..... les invitent à assister au banquet des noces. Quelque gueux et misérables que soient les époux la formule est toujours la même. Mais il faut bien se garder de se présenter sur une telle invitation, sans quoi on serait hué et honni. Après cette invitation le druschka est encore chargé d'ouvrir la marche en conduisant les époux à l'église et de mettre tout le monde en train par ses plaisanteries et ses quolibets. Entre autres attributs distinctifs le druschka est coiffé d'un bonnet de forme conique. Pour remplir dignement cet état en Russie, car c'en est un, quelquefois fort lucratif, il faut avoir été doué par la nature de certains dons particuliers : d'abord il faut être gai et fécond en bons mots et en saillies, puisque l'on est chargé d'exciter la joie; ensuite il faut avoir l'air, l'apparence et la figure d'un bon vivant. Avec une taille courte et ramassée, une face bien nourrie, un teint enluminé et surtout un large ventre, on ne peut manquer d'avoir la vogue. Voilà pour les noces du peuple.

Chez les grands seigneurs les choses se passent avec plus de convenance et de dignité. Leurs noces, qui se célèbrent d'après le rit grec, commencent ordinairement par un dîner magnifique après lequel les époux se rendent à l'église, accompagnés de leurs convives. Le prêtre les reçoit à la porte; il demande d'abord au futur époux s'il est uni à sa fiancée par des liens de parenté, pareille question est adressée à la femme. Après avoir reçu leur réponse négative, on les invite à déclarer l'un et l'autre si l'engagement qu'ils vont contracter est volontaire de leur part. Ce n'est qu'après avoir satisfait affirmativement à cette dernière question qu'il leur est permis d'avancer de quelques pas dans l'église. On place devant eux une Bible et un crucifix, et on leur met dans les mains de grands flambeaux de cire allumés et ornés de rubans. Après la lecture de certaines prières on couvre le pavé d'une pièce de satin écarlate, sur laquelle on pose une table avec les vases de la communion. Ces préliminaires terminés, le prêtre unit les mains des mariés avec des bandes de satin également de couleur écarlate, place une couronne de fleurs sur leurs têtes et prononce les paroles sacramentelles. Ces cérémonies achevées, le pope conduit les époux, dont les mains sont toujours liées, autour de la table de la communion; cette promenade se répète par trois fois, le père et la mère de la mariée suivant le nouveau couple. Durant cette marche, les choristes chantent une hymne; et après le chant une bénédiction générale est répandue sur tous les assistants. C'est par là que se termine la cérémonie; les époux retournent alors à la maison du père de la mariée, où du thé et d'autres rafraîchissements sont offerts à ceux qui viennent les féliciter.

Les liens du mariage sont en général fort peu respectés chez les Russes. Le libertinage y est extrême. Les seigneurs exercent presque tous dans leurs terres ce que l'on appelait autrefois en France le droit de jambage; mais ils n'attendent pas pour cela la veille des noces, et s'y prennent plus tôt. Ces sultans au petit pied croient avoir toute espèce de droits sur leurs esclaves, et pensent les honorer beaucoup en les déshonorant. On sent qu'un peuple grossier, et qui n'a d'autre guide que ses sens, enchérit encore sur la dépravation de la classe éclairée. Le libertinage des Russes va quelquefois jusqu'à l'inceste. Les paysans que les seigneurs russes ont fait transporter en Crimée pour remplir les vides que les émigrations successives ont causés dans ce pays, y ont introduit leurs mœurs grossièrement immorales. Afin d'avoir dans leur maison une femme intelligente et active, capable de la diriger et de s'occuper de tous les soins du ménage, les pères qui ont perdu leurs femmes sont dans l'habitude constante de marier leurs fils, quelque jeunes qu'ils soient, à une fille nubile et dans la force de l'âge. Toutefois, en attendant l'adolescence, le mari titulaire vit dans la famille comme le fils de son épouse et ignorant les droits dont il serait hors d'état d'user; le beau-père sait les faire valoir à

son défaut. Ces unions incestueuses, pour être défendues, n'en sont pas moins fréquentes; et le pope, aussi stupide que ceux à qui il donne la bénédiction nuptiale, refuse rarement de les former quand on paye la transgression. Le fils, qui par ces alliances mal assorties se trouve encore plein de jeunesse et de santé quand sa femme est dans la décrépitude, agit comme a fait son père, et perpétue ainsi d'âge en âge l'abominable coutume qui rend un même homme père d'abord d'enfants frères de ses propres frères et ensuite de fils frères de ses petits-fils.

Les funérailles se font chez les Russes avec beaucoup de pompe. Autrefois on enterrait les morts aussitôt qu'ils avaient rendu le dernier soupir; ce n'est plus de même aujourd'hui ; on les conserve aussi longtemps que l'état du cadavre le permet. Pendant ce temps les parents et les proches, et même ceux qui ont été ennemis du défunt, se réunissent autour de son cadavre, que l'on a vêtu avec soin; ils le pleurent et témoignent leur douleur par mille signes extérieurs, mille simagrées d'affliction. Puis ceux envers qui il a eu des torts les lui rappellent et lui adressent des reproches. Le mort ainsi pleuré et réprimandé est porté en terre par les popes et escorté de pleureuses payées pour répandre des larmes et pousser des gémissements. Avant de le mettre dans la bière on a eu soin de le munir d'un passe-port pour l'éternité, dans lequel les popes certifient de sa bonne conduite et de sa foi et recommandent à saint Pierre de lui ouvrir les portes du paradis. Ce billet, revêtu de la signature de l'évêque, est placé dans la main du mort. Après l'enterrement on revient à la maison célébrer les commémorations : ce sont des orgies qui durent neuf jours, et que l'on renouvelle encore à certaines époques, comme à la fête et à l'anniversaire du défunt. Ces jours-là on noie son chagrin dans le vin. Les popes président toujours à ces festins, et sont en outre bien payés pour les messes qu'on les charge de dire; car, bien que les Russes ne croient pas au purgatoire, ils pensent cependant que les prières peuvent beaucoup soulager les morts dans le long et pénible voyage qu'ils ont à faire.

Non-seulement les Russes, ce peuple, comme disait d'Alembert, pourri avant d'être mûr, se sont aliéné l'esprit des musulmans de Crimée par la grossièreté de leurs habitudes et le déréglement de leurs mœurs, mais ils les ont blessés plus profondément encore en leur imposant la détestable forme de leur gouvernement, et surtout cette plaie hideuse de l'esclavage, déshonneur de l'Europe au dix-neuvième siècle. Il n'est pas rare de voir chez eux un seul homme maître de dix et même de vingt mille de ses semblables dont il a le droit de disposer comme il ferait des plus vils bestiaux. Les esclaves achetés et vendus comme les derniers des animaux deviennent, au gré de leur maître, des serfs et des concubines, avec cette condition infâme que tous les enfants d'esclaves sont esclaves, et l'on a vu plus d'une fois un Russe lassé de son esclave favorite, ou pressé par des besoins d'argent, la vendre, elle et tous les enfants qu'elle lui avait donnés.

L'introduction des lois russes en Crimée eut pour ce pays les plus déplorables résultats. La constitution sociale de l'empire russe ne permettant à aucun roturier de posséder des terres, il en résulta un doute sur la question de savoir si les Tartares de la classe ordinaire pouvaient acheter, vendre ou laisser des terres en héritage. Il fallut un ukase du sénat pour décider que les bourgeois pouvaient posséder et hériter des terres dont ils jouissaient. Mais cet ukase portait en même temps une grave atteinte au droit de propriété qu'il semblait reconnaître, puisqu'il interdisait le droit de vendre ces mêmes terres à d'autres acquéreurs qu'à des nobles russes.

L'abandon de certaines terres par suite de l'émigration des Tartares et l'usurpation que les czars ont faite des propriétés des vaincus pour en faire des libéralités et des concessions à leurs courtisans ont multiplié en Crimée les procès à un point inconcevable. Les biens-fonds ont perdu par suite toute espèce de valeur, et de cette époque date pour la propriété foncière une perturbation qui exerce encore sur tout le pays la plus déplorable influence.

Les Tartares avaient obtenu sous Catherine une exemption de toute espèce d'impôt et de logement pour les troupes, ainsi que le privilège de ne plus fournir de recrues. Leurs obligations pour le service militaire se bornaient à l'entretien de deux régiments de bechleys, formant à peu près cinq mille hommes. Mais à l'abolition des troupes irrégulières par Paul Ier, les Tartares se virent assujettis à cet égard aux mêmes charges que le reste de l'empire. Depuis, l'empereur Alexandre les rétablit dans les droits dont ils jouissaient sous Catherine ; mais au lieu de fournir les deux régiments de bechleys ils furent seulement tenus d'approvisionner de bois toutes les troupes qui se trouvaient en Crimée. Dans certaines circonstances, cette charge peut devenir très-lourde; et les Tartares auront bientôt beaucoup à faire si les armées anglo-françaises ne forcent avant l'hiver les troupes russes à évacuer la péninsule.

Chez tous les peuples musulmans, l'administration de la justice est intimement liée à la religion. Ce devait être pour les Russes un motif de ne point enlever les Tartares à leurs juges naturels. Il n'en a point été ainsi. A l'époque de l'indépendance, le tribunal suprême était le divan ou grand conseil du khan. C'était devant lui qu'on portait toutes les affaires civiles et criminelles d'une certaine importance. A un degré inférieur se trouvait le tribunal du *cadi asker*, chef de la justice, qui connaissait de toutes les affaires civiles de la noblesse; pour les simples particuliers il y avait dans chaque cadilik un cadi qui jugeait en dernier ressort toutes les procédures civiles et tous les procès criminels où il n'allait pas de la vie, mais toutefois avec le recours en cassation devant le divan. La simplicité de la justice et la proximité du tribunal, qui n'éloignait pas le plaideur de son domicile, étaient deux avantages inestimables joints à celui plus grand encore d'un juge de la nation et de la religion des parties.

Depuis la conversion de la Crimée en gouvernement, ce pays a reçu la même administration que toutes les parties de l'empire; et ce fait n'a pas peu contribué à aliéner tout à fait à la Russie le cœur des Tartares, qui, ignorant la langue dans laquelle ils doivent porter leurs plaintes, sont exposés à mille vexations et à la merci d'interprètes souvent infidèles devant des juges qui ne leur inspirent ni respect ni confiance.

Pour maintenir les Tartares dans l'obéissance, aussi bien que pour préserver la Crimée contre toute attaque du dehors, les Russes sont constamment obligés d'entretenir dans la Chersonèse une armée qui n'est jamais au-dessous du chiffre de vingt-cinq à trente mille hommes, et qui tient en temps ordinaire garnison dans les villes suivantes : Pérécop, Koslov, Simphéropol, Sébastopol, Caffa, Kertch, Taman et Karazoubazar. Ce serait peut-être ici le lieu de dire quelles forces militaires la Russie a depuis quelque temps accumulées dans la Crimée. Mais les journaux de chaque jour contiennent sur ce point des détails si circonstanciés que nous nous verrions, faute d'espace, forcé de les tronquer, et par conséquent d'en amoindrir l'intérêt, et nous nous bornerons à donner ici quelques renseignements moins connus peut-être sur l'organisation générale de l'armée russe.

L'armée russe est effrayante sur le papier ; mais il faut bien se garder de s'en rapporter aux chiffres colossaux que présente l'addition des cadres. Tous ces états militaires prouvent peu, et ces listes indiquent le nombre qu'il devrait y avoir, mais non point le nombre réel. A plusieurs régiments il manque un quart, même une moitié. L'avidité des colonels contribue à entretenir dans une profonde erreur à cet égard; car c'est un usage passé chez eux à l'état d'habitude de dissimuler la véritable situation de leurs régiments, afin de bénéficier de la solde des soldats qui manquent. La diminution subite des recrues, qui presque dans tous les cas est extraordinairement grande, est une des causes principales des vides qui se remarquent dans l'effectif de l'armée. Comment en serait-il autrement avec le système de recrutement adopté en Russie! Quand les besoins l'exigent, on lève avec précipitation cinq et même dix pour cent de la population, et on expédie ces nouveaux soldats à la hâte dans les lieux les plus reculés de ce vaste empire, sans avoir aucun égard ni à l'âge ni à la constitution des individus. Les fatigues du voyage sont toujours considérables pour les soldats russes; et comme il arrive habituellement que les recrues n'ont pas moins de deux cents milles d'Allemagne à parcourir avant d'arriver au lieu de leur destination, on ne doit point s'étonner que la colonne laisse sur la route un grand nombre de malades et de traînards. Le mauvais régime des hôpitaux a bientôt raison de ceux que la maladie force d'y entrer ; les difficultés du service et l'usage immodéré de l'eau-de-vie sont autant de moyens de destruction qui exercent continuellement leur fatale influence sur ceux qui parviennent à rejoindre le corps.

Le service est dans le commencement plus pénible pour le soldat russe que pour celui des autres pays : sans compter la contrainte du corps pendant l'exercice, ce qui ne manque pas d'être très-dur pour les commençants, on assujettit encore sa langue à une contrainte non moins fatigante. On exerce cet organe avant d'exercer ses pieds et ses mains; chose indispensable, puisque, de cent mots dont il a besoin dans son métier, le novice n'en sait pas un seul : ce qui doit ajouter à la difficulté et au désagrément du service. Le soldat russe est obligé d'employer exactement de très-longs titres usités pour tous les grades, depuis celui d'enseigne jusqu'à celui de général, et encore plusieurs autres qui concernent la naissance et le rang. Avant d'entrer au service ils ne savent aucun de ces mots, et ils appellent indistinctement tous leurs supérieurs *petit père*, *petite mère*, ou simplement *monsieur* et *madame*.

On n'a rien épargné dans les règlements pour que les hopitaux fussent bien tenus; il a été établi à cet effet de grands bâtiments dans les principales villes, et on y a attaché nombre de médecins. On y fournit des médicaments, une nourriture, une boisson propres à l'état du malade, quelque prix qu'il en puisse coûter. Malgré tout cela, le soldat a de la répugnance pour l'hôpital, et s'empresse d'en sortir le plus tôt possible : c'est déjà un mauvais signe. En voilà un plus mauvais encore : les officiers employés dans ces hôpitaux sont regardés comme des êtres heureux, et y demeureraient volontiers le reste de leur vie. Dans la stricte règle, ils n'y seront qu'un an : vraisemblablement le gouvernement a pris cet arrangement dans la persuasion qu'un long séjour dans ces postes entraînerait de plus grands abus; peut-être aussi regarde-t-on ces places comme un moyen de faire participer tour à tour les officiers aux émoluments qui y sont attachés, du moins sollicitent-ils ces emplois avec une singulière avidité. On

peut facilement juger de la manière dont sont administrés les hôpitaux, par le désir des soldats d'en sortir, et l'ardeur des officiers pour y entrer. Cela ne regarde cependant que les officiers des bataillons de garnison. Les régiments qui sont en campagne ont des hôpitaux dont chaque chef est chargé d'avoir soin; et afin qu'il n'y manque rien, le colonel est obligé de fournir une certaine somme qu'il prend sur la solde des soldats et des officiers : cette somme, qui est toujours exactement prélevée par les colonels, arrive rarement à sa destination.

A ces raisons générales de mortalité il faut encore en ajouter de particulières, parmi lesquelles figure en premier rang la translation d'une province froide dans une province chaude ou malsaine. Qu'on pense à ce que doivent souffrir des Lapons arrachés à leurs glaces éternelles pour être subitement transportés au milieu des étés de la Crimée.

La mort n'est pas la seule cause qui prive l'armée d'une grande partie des recrues. Dans ce pays, où le vol et la déprédation semblent organisés en système chez les fonctionnaire publics, les généraux rendent la liberté aux recrues pour une certaine somme d'argent, ou bien les détournent de leur destination pour les placer en qualité de serfs sur leurs propres terres.

Dans des conditions semblables, on devine quelle doit être la répugnance du bas peuple russe pour le métier de soldat ; aussi la menace la plus terrible qu'un seigneur de ce pays puisse faire à un domestique, c'est de lui dire que s'il ne se conduit pas mieux à l'avenir on le donnera pour recrue. Cette aversion du paysan russe pour le service militaire est un fait si constant en Russie, que, lorsqu'on lève des soldats dans les villages, on commence par mettre des fers à ceux qui ont été choisis par la volonté du seigneur ou désignés par le sort. Comment d'ailleurs pourrait-il en être autrement dans un pays où pour passer officier il faut avoir fait ses preuves de noblesse ou avoir été préalablement admis dans un institut militaire, et où la paye d'un simple soldat n'excède pas trente francs par an sur lesquels on lui fait encore plusieurs réductions à divers titres? Il est vrai qu'en dehors de cette solde il reçoit en outre trois barils de farine, vingt-quatre livres de sel, une certaine quantité de gruau et de blé sarrasin, et qu'on lui fournit également un uniforme par année.

Quant aux récompenses, c'est une chose dont le soldat russe ne se flatte pas, même en songe, à moins pourtant qu'on ne considère comme une récompense une gratification d'un rouble par tête donnée pour une bataille gagnée; même dans les cas extraordinaires, et pour une de ces actions d'éclat qui ne se représentent qu'à des époques très-éloignées les unes des autres, la récompense est si minime qu'elle ne peut guère servir d'aiguillon. Sous le règne de Catherine, au commencement de la guerre avec les Turcs, le général Souwaroff ayant été blessé au commencement de la bataille, la présence d'esprit d'un simple soldat suppléa au génie du général absent. Ce brave homme rallia les troupes déjà dispersées et en fuite, et procura à Kinbourn la victoire sur les Turcs. La munificence de la cour lui accorda son congé et cinquante roubles de pension pour toute récompense.

A défaut de l'avancement, du sentiment de l'honneur et de l'amour de la patrie, qui sont pour nos soldats le mobile de la bravoure et du dévouement, les Russes ont un stimulant à leur avis infaillible, c'est le bâton. « Le bâton, disait un professeur de tactique russe, » donne de l'ardeur au soldat. » On le considère comme le meilleur moyen pour mener les troupes au feu. Un jour, au Caucase, les Russes assaillis par la mitraille, refusaient d'avancer : le général Viliaminoff s'assied sur un tambour devant la première ligne et appelle hors des rangs quelques soldats, qu'il fait fustiger; puis il commande au bataillon d'avancer, et les Russes chassèrent les Circassions. Depuis ce trait Viliaminoff fut réputé maître dans la tactique russe. C'est là un exemple entre mille. Comment ce moyen ne serait-il pas efficace! disent ordinairement les officiers russes; le bâton est une chose sûre et positive, on ne lui échappe pas et son effet est terrible : tandis que la balle de l'ennemi est incertaine.

Malgré la prédilection des officiers russes pour ces moyens coercitifs, ils se voient généralement forcés en temps de guerre de changer de manière d'être avec le soldat, et de se montrer beaucoup moins cruels sur tout ce qui touche la discipline : c'est qu'un jour de bataille on ne distingue pas la balle ennemie de celle qui sort de ses propres rangs, et plus d'une injure peut être vengée dans le sang d'un officier trop injuste ou trop sévère sans qu'il soit possible de reconnaître le coupable.

On ne saurait se figurer tous les mauvais traitements auxquels le soldat russe est exposé de la part de ses chefs petits et grands. Encore s'il lui était permis d'espérer un peu de repos à la fin de sa carrière! Mais le soldat russe ne trouve ordinairement ce repos que dans la tombe ou lorsqu'il est près d'y descendre. En d'autres pays ou accorde à un soldat son congé pour plusieurs raisons, et un long service lui sert ordinairement de recommandation pour obtenir une retraite et une petite place qui lui permet de terminer sa vie dans la tranquillité; mais en Russie, jusqu'à nos jours, le soldat n'avait pas d'engagement limité, il servait dans l'armée aussi longtemps que ses forces le lui permettaient, puis entrait en garnison et faisait le service ordinaire jusqu'à ce qu'il devînt tout à fait invalide. Ce n'était qu'alors qu'on pensait à le placer dans un couvent, où, grâce à une nourriture très-frugale, il végétait encore quelque temps. Depuis 1827 la position du soldat s'est un peu améliorée sous ce rapport. Un ukase promulgué à cette époque a fixé la durée du service à vingt ans dans la garde et à vingt-deux ans dans la ligne. Cette longue durée du service, qui permet rarement au soldat de revoir ses foyers, fait de ce malheureux un véritable étranger sur la terre qu'il est chargé de défendre. Quand la nouvelle recrue part de son village, il lui faut dire un éternel adieu à ses parents, à ses amis et même à sa femme et à ses enfants, car le paysan russe se marie de bonne heure, et le recrutement frappe indistinctement tous les hommes valides, mariés ou garçons, qui ont plus de vingt ans et moins de quarante.

Le recrutement de l'armée russe n'a point lieu comme chez nous à des époques régulières et selon des formes prescrites et déterminées par la loi ; en cette matière comme en toute autre, le peuple dépend de la volonté ou du caprice du despote, et lorsqu'il s'agit de lever un nouveau régiment, ou de compléter les anciens, le czar ordonne un recrutement général dans tout l'empire, et son ukase détermine en même temps le nombre de Russes qui doit être pris sur cent, cinq cents ou mille sujets mâles de l'empire.

Parlons de l'organisation des régiments russes :

En Russie chaque régiment d'infanterie se compose, au complet, de deux mille deux cents hommes, qui forment douze compagnies et trois bataillons.

Un régiment a soixante officiers, savoir : un chef ou colonel, un commandant ou lieutenant-colonel, quatre majors, six capitaines, six capitaines d'état-major, douze lieutenants en premier, douze lieutenants en second et douze enseignes ; de plus un adjudant-major attaché au colonel et trois adjudants de bataillon, dont le plus ancien est aide de camp du régiment ; un payeur à qui la caisse du régiment est confiée, et un quartier-maître chargé de la recette et de la répartition des vivres et du fourrage : ces deux derniers ont ordinairement le rang d'officier.

Un régiment possède en outre ce qu'on appelle le sous-état-major, composé d'un auditeur, d'un chirurgien-major, de deux chirurgiens de bataillon, et d'un pope faisant les fonctions d'aumônier.

A chaque régiment est attaché un conseil de guerre, qui juge en première instance ; il se compose de deux juges, qui sont le chef et le commandant du régiment : l'auditeur remplit les fonctions de rapporteur.

Chaque régiment a tous les objets nécessaires au service divin du rit grec, ainsi qu'un grand nombre d'images de saints. Outre saint Nicolas, patron de tous les militaires russes, chaque compagnie choisit un saint pour son patron particulier. L'image du saint du régiment est placée sur un autel et entourée de cierges allumés dans l'église du régiment quand on est en garnison ; et en campagne, dans la grande tente qui en tient lieu et qui se trouve toujours devant le front du régiment.

Un pope, que les Russes appellent aussi père, aidé de deux bedeaux, fait le service divin, et est en même temps chargé des affaires ecclésiastiques du régiment. Ces popes ne sont rien moins qu'instruits. Le plus grand nombre, hors l'exercice des pratiques de la religion grecque, croupissent dans l'ignorance la plus crasse. Souvent même leur conduite est des plus scandaleuses. Cependant les soldats ont pour eux la plus profonde vénération, malgré l'abus qu'ils font de leur bonne foi et de leur dévotion pour satisfaire leur sordide intérêt.

Chaque régiment possède son hôpital, composé d'un chirurgien-major, de deux chirurgiens de bataillon, d'un économe de l'hôpital, et de quatre infirmiers. Mais les sommes allouées pour l'entretien de l'hôpital et l'achat des médicaments sont toujours insuffisantes ; et ces objets dépendent en grande partie de l'humanité des colonels de régiment, qui sont loin de s'en préoccuper d'ordinaire autant qu'ils le devraient. Ce qui manque surtout à ces hôpitaux, ce sont d'habiles médecins. La plupart des médecins russes ont tout au plus une connaissance superficielle de leur art et sont très-ignorants pour tout le reste. Les chirurgiens militaires sont aidés dans leurs fonctions par les barbiers attachés à chaque compagnie. Ces derniers, qui sont censés avoir quelques notions de chirurgie, sont en général si incapables, qu'il est dangereux de se faire même saigner par eux ; car il est rare qu'ils sachent distinguer les artères des veines.

Chaque régiment russe est tenu d'avoir dans son sein tous les ouvriers nécessaires aux besoins des soldats ; ainsi l'on y trouve non-seulement des armuriers, des tailleurs et des cordonniers, mais encore des charpentiers, des menuisiers, des charrons et des peintres.

La présence de tous ces corps d'état impose au régiment l'obligation d'un train de bagages considérable, aussi en campagne attache-t-on à chaque régiment d'infanterie près de deux cents chevaux destinés au transport des fourgons.

Tous les officiers des régiments d'infanterie sont obligés d'aller à pied en campagne, il n'y a que les officiers d'état-major et les adjudants qui soient à cheval.

Telle est l'organisation générale du régiment, passons à celle de la compagnie.

Chaque compagnie est composée de quatre officiers, un sergent-major, un capitaine d'armes, un enseigne, un cadet, sept sous-officiers, trois tambours, quatre sapeurs ou ouvriers, cent vingt-cinq soldats, un barbier, cinq charretiers et de cinq à huit domestiques d'officier désignés sous le nom de dengiks.

Le payement de la solde des troupes ainsi que de tous les autres employés de la couronne se fait, en Russie, de quatre mois en quatre mois ; savoir : au 1er janvier, au 1er mai et au 1er septembre. En temps de guerre, l'éloignement et la difficulté des communications empêchent souvent que ces payements ne soient effectués au terme ; et comme alors le soldat est nourri et habillé, il se passe assez facilement d'argent.

En marche et en campagne le soldat russe porte avec lui une provision de biscuit suffisante pour plusieurs jours. Quand il a faim, il en casse un morceau, qu'il arrose d'eau, voilà son repas ; et quand il peut y ajouter un peu de sel avec un oignon ou un concombre et un verre d'eau-de-vie, c'est un véritable régal pour lui. L'armée russe ne fabrique point son pain à l'aide d'une boulangerie de campagne, chaque soldat est à lui-même son propre boulanger. Lorsqu'il campe ou qu'il bivouaque et qu'il a reçu sa ration de farine, il fait un trou en terre, y place une natte d'écorce, dépose la farine dessus et l'y pétrit à l'aide d'un peu d'eau dont il l'humecte. Un autre trou pratiqué près de là lui sert de four pour la cuisson de son pain. D'ordinaire il le cuit deux fois pour qu'il soit plus léger et plus facile à conserver.

Le temps que doit durer l'habillement du soldat russe n'est pas trop long : tous les quatre ans on lui délivre un manteau, tous les deux ans un habit, une paire de pantalons de drap et une veste, tous les ans une paire de bottes et deux paires de souliers, deux chemises et une paire de bas de laine avec une paire de pantalons de toile qu'il porte du 1er juin au 1er septembre. Les fusils et la buffleterie sont livrés successivement aux régiments, en sorte que tous les vingt ans ils sont renouvelés. La cavalerie et les corps spéciaux sont organisés d'une manière analogue à celle de l'infanterie, sauf toutefois bien entendu les modifications nécessitées par la nature même de l'arme.

Il ne manque aux Russes pour être les premiers soldats du monde que deux choses, mais deux choses essentielles : une patrie à défendre et le sentiment de l'honneur et de la dignité nationale ; car sous tous les rapports matériels et physiques ils sont admirablement doués de la nature. Forts et vigoureux, d'une taille généralement au-dessus de la moyenne, ils sont aussi bien pris que proportionnés. Il est rare de voir parmi eux des hommes contrefaits, avantage que l'on peut attribuer à leur habillement commode et à l'habitude des exercices du corps qu'ils contractent dès leur enfance. L'éducation que reçoivent les jeunes habitants des campagnes contribue singulièrement à développer cette force corporelle qui résiste aux plus violentes secousses. Le passage subit du chaud au froid devient pour eux une sorte de jeu qui les familiarise avec les intempéries du climat. L'enfant échauffé par ses jeux ou même par le travail se précipite avec son père, tout couvert lui-même de sueur, dans le fleuve dont l'eau est froide à la glace, et tous deux en sortent gais et dispos. Un jeune garçon de douze à quinze ans sait déjà conduire avec courage et prudence le cheval le plus fougueux, et fait tous les ans plusieurs centaines de verstes pour aller où son père l'envoie travailler et gagner de l'argent.

On serait sans doute en droit d'attendre beaucoup de pareils soldats si d'un côté, comme nous l'avons déjà dit, ils étaient mus par des motifs plus nobles que la crainte du bâton, et si de l'autre ils étaient guidés par des officiers instruits et capables ; mais en Russie les grades étant donnés à la naissance et à la faveur et nullement au mérite, il en résulte que les officiers sont généralement d'une ignorance qui n'est égalée que par leur incapacité.

Quoique généralement mal conduite, l'infanterie russe n'en est pas moins justement renommée pour sa fermeté et sa ténacité. Pris en corps le soldat russe est excellent, mais pris isolément il se perd : plus qu'un autre il lui faut sentir le coude de son voisin et entendre la voix de son chef ; c'est une machine endurcie aux fatigues, docile au moindre signe, admirable pour la précision des mouvements, mais qui ne vaut rien dès que son ressort se dérange. Tout corps russe sans officiers est un corps sans âme. « Tuez les noirs, ont coutume de dire les Turcs en parlant des officiers russes, et les gris (les soldats) sont perdus ! »

Quoique la Russie soit une puissance essentiellement militaire et que ses tendances guerrières et conquérantes absorbent toutes les idées de son gouvernement, les généraux russes n'ont point encore profité du système militaire de Napoléon, qui consistait principalement à marcher au cœur d'un pays en concentrant les masses et à laisser derrière les places fortes. Ils en sont encore, pour l'art militaire, au temps de leur Souwarof, et c'est à lui qu'ils font perpétuellement appel pour ce qui est de la science militaire. Ce général faisait de chair humaine l'amorce de ses canons, ne ménageait pas les troupes, marchait à la victoire sur des monceaux de cadavres, et engageait dans un jour de bataille jusqu'au dernier de ses soldats. Sans avoir hérité de son génie, les généraux qui lui ont succédé ont cru que pour l'égaler il suffisait d'afficher comme lui un souverain mépris de la vie des hommes. Aussi en maintes circonstances leur a-t-on vu faire si bon marché de leurs soldats que plus d'une fois, à Leipsick, à Varna, au Caucase, lorsqu'un détachement russe près de succomber pouvait entraîner la perte d'un corps entier ou seulement compromettre la victoire, ils ont fait lâcher des volées de mitraille qui abattaient les Russes aussi bien que les ennemis.

En somme, pour résumer en peu de mots la valeur de l'armée russe, il faut dire que si elle n'est pas toujours victorieuse sur les champs de bataille, elle est au moins pour la parade la première armée du monde. Nulle part la manie de ces jeux guerriers n'a été poussée si loin qu'en Russie, et il faut avoir vu le fantassin russe lever la jambe pendant un quart d'heure pour la poser ensuite à terre avec la même formalité et la même lenteur, avoir assisté aux exercices les plus compliqués que font à pied les plus lourds cavaliers, et avoir aperçu l'officier russe à la tête de son peloton, se tordre comme un cheval de brancard, pour se convaincre qu'aucune autre nation ne voudrait s'astreindre à une pareille manœuvre, qui tient de la dégradation et même de l'abrutissement. Héritier des goûts de caporal qui distinguaient son père, Nicolas s'est plu, aussi bien que tous les princes de sa famille, à présider à ces exercices ridicules. Mais le temps est venu où les événements qui s'accomplissent dans cette même Crimée, dont nous nous sommes peut-être écarté trop longtemps, prouveront qu'avec le fouet du bourreau on fait des esclaves, des automates avec la canne du sergent, mais qu'il faut autre chose pour faire des hommes et surtout des soldats.

Indépendamment des corps dont nous avons parlé, les armées russes traînent toujours à leur suite de nombreux détachements d'escarmoucheurs qui ont acquis une sorte de célébrité, non par le courage et la bravoure, mais par leur avidité destructive. Ces barbares, aussi remarquables par la bizarrerie de leur physionomie que par leur manière de vivre, sont tirés des parties les plus reculées du centre de l'empire. Sans être soumis à aucune espèce d'ordre ou de discipline, ils vivent dans les camps et dans les villes, comme ils vivaient dans les déserts, leur patrie, c'est-à-dire uniquement de pillage. A défaut du courage qui leur manque, ils ont leur utilité dans le tort qu'ils font à l'ennemi par mille dévastations auxquelles ils se sont formés de bonne heure, car ne recevant ni paye ni nourriture assignée par l'État, on les laisse maîtres de pourvoir à leur entretien par tous les moyens violents qu'une intelligence brutale peut imaginer et dont les Russes eux-mêmes sont souvent victimes. L'on doit penser que ces excès ne rencontrent de bornes que celles que la force peut y mettre. Quoiqu'on ait souvent parlé de ces barbares, ils sont encore peu connus, et l'on ne lira peut-être pas sans intérêt quelques détails sur ces auxiliaires irréguliers propres aux armées russes.

Les Cosaques sont les plus connus et les plus célèbres, à juste titre, parce qu'ils sont tout à la fois, et en plus grand nombre et plus audacieux. Cette race d'hommes se rencontre aux extrémités les plus opposées de la Russie, s'étendant depuis la mer d'Ochotsk jusqu'à la mer Noire. Ils sont enrégimentés et se distinguent en Cosaques du Don et de l'Euxin et en Cosaques de la Sibérie. Leur arme principale et distinctive est la lance, qu'ils savent adroitement jeter fort loin avec le pied en la dirigeant de la main. Cette pique, d'une longueur démesurée, se compose de deux morceaux adaptés l'un à l'autre par des courroies, au moyen de quoi l'arme reçoit plus ou moins de longueur à volonté. Ils se servent aussi du sabre, et sont souvent encore armés d'un grand pistolet qui s'attache derrière le dos avec la giberne.

Après les Cosaques viennent les Tartares, qui se divisent aussi en plusieurs classes. Ceux d'Oczakov, voisins de la Moldavie et habitants des bords de la mer Noire, descendent des anciens Basturnes; les Nogaïs, des bords de la mer d'Azof, descendent des Jaziges; les Calmouks, ou Tartares Eleuths, qui bordent la Tartarie indépendante et s'étendent jusqu'à la Chine par Tangut, ce sont les descendants des anciens Scythes; enfin les Tongouses, voisins de la Tartarie chinoise. Tous ces différents Tartares, et notamment les Calmouks ou Kalmaks, ne se servent le plus souvent, pour combattre, que de l'arc et de la flèche, imitateurs en cela de leurs ancêtres, qui, d'ailleurs, ne leur ont pas transmis cette bravoure qui les rendait si redoutables.

Les Tartares d'Oczakov sont les seuls dont l'armure et l'équipement diffèrent. Ces derniers Tartares sont, comme les anciens Turcs, armés de la carabine, de plusieurs pistolets qu'ils portent à la ceinture et d'un sabre très-courbe. Quant aux autres Tartares, on en voit beaucoup, à l'exception des Eleuths seuls, armés tantôt d'un sabre droit et petit, tantôt d'un casse-tête en fer à deux parties, dont l'inférieure, armée de la masse, est jointe à l'autre par un anneau et reste mobile.

N'oublions pas un usage particulier aux Calmouks, c'est de se munir en campagne, comme les Arabes, d'un sac de petits grains de farine en pâte sèche et dure, appelée couscoussou, et dont une faible quantité suffit chaque jour pour les nourrir. On leur voit encore un instrument de musique sur lequel ils savent jouer des airs très-variés, espèce de flûte ou tube de métal, percé de quelques trous, dont nos habiles musiciens auraient peut-être peine à tirer un seul son.

Les plus remarquables ensuite sont les Kirguis, voisins du Caucase, et répandus sur les bords de la mer Caspienne. Ces descendants des Sarmates d'Asie ont un costume particulier, et, du reste, sont armés de l'arc et de la flèche comme les Tartares.

Mais les plus misérables et les plus dégoûtants de tous ces barbares, sont les Baskirs, restes dégénérés des anciens Sarmates européens. Les haillons et la vermine, dont ils sont couverts, ne contribuent pas peu à entretenir une odeur qui leur est naturelle et qui fait de loin pressentir leur approche. Leurs armes sont aussi l'arc et le casse-tête, et presque tous portent, comme les Tartares, deux carquois de grandeur différentes, destinés à contenir des traits d'inégale dimension, et dont ils se servent suivant la distance à laquelle ils se trouvent de leur ennemi.

Ces peuples sont presque tous vêtus d'une ample soutane ou capote de drap, fermée et ceinte au milieu du corps, mais qui reste ordinairement ouverte quand ils ne sont pas en campagne, la ceinture se mettant alors en dessous. Ajoutez-y le large et long pantalon, d'une étoffe grossière, mais de couleur toujours différente de la casaque, et voilà leur costume presque universel. Ce pantalon couvre la botte, s'arrêtant par une courroie qui passe sous le pied. Quoique les couleurs ne soient pas déterminées le rouge est cependant dominant, comme la couleur favorite et chérie de tous les Tartares. Cette variété a quelque chose de très-piquant.

Les chevaux de ces barbares sont dignes de ceux qui les montent, c'est-à-dire aussi sales et dégoûtants de vermine et d'ordure; ils sont la plupart fort petits, maigres et décharnés comme le cavalier, mais n'en ayant pas moins la vivacité et l'intelligence du cheval arabe, dont ils semblent être une dégénération; aussi leurs maîtres n'ont-ils pas besoin d'éperons pour éveiller un animal instruit à obéir aux mouvements divers et à la pression de la jambe du cavalier.

Les autres étrangers qu'on aperçoit parmi les Russes ne s'y montrant qu'accidentellement, nous n'en parlerons pas, car il serait presque impossible de le faire avec exactitude. Ils ne forment point de corps séparés; on ne les rencontre qu'à la suite de l'empereur ou de quelque général distingué : tantôt c'est un prince tartare, tantôt c'est un Géorgien, un Servien, ou un Moldave, et quelquefois même des Turcs; mais tous ne sont que des guerriers d'apparat.

Il est un autre élément de la puissance russe en Crimée dont nous devons apprécier le nombre et la valeur; nous voulons parler de cette flotte qui, réunie dans les différents ports de la mer Noire, et principalement à Sébastopol, semblait naguère encore une tempête prête à fondre à chaque instant sur Constantinople et de là sur le monde entier. Au mois de juin dernier des états sur l'exactitude desquels il est permis de compter établissaient le dénombrement de cette flotte de la manière suivante :

VAISSEAUX DE LIGNE.

Noms.	Canons.	Station.
Grand-Duc Constantin, trois-ponts	120	Sébastopol.
Les Douze Apôtres,	120	—
Les Trois Saints,	120	—
Le Paris,	120	—
Le Varsovie,	120	—
L'Impératrice Marie,	84	—
Chrabroi,	84	—
Tchesme,	84	—
Sviatoslaf,	84	—
Rostislaf,	84	—
Yagudiel,	84	—
Varna,	84	—
Sclafael,	84	—
Uriel,	84	—
Un nom inconnu,	84	—
Autre nom inconnu,	84	—

Total..... 1,608 canons sur 17 bâtiments.

Plus un grand nombre de vaisseaux démâtés faisant service de pontons ou de batteries flottantes.

UN VAISSEAU DE LIGNE A HÉLICE.

	Canons.	Station.
Le Bosphore,	120	Nicolaëff.

FRÉGATES A VOILES.

Noms.	Canons.	Station.
La Messembria,	54	Sébastopol.
La Sizopolis,	54	—
La Kulevcha,	54	—
La Médée,	54	—
La Kagul,	44	—
La Flore,	44	—
La Kovarna,	44	—

Total..... 348 canons sur 7 bâtiments.

CORVETTES A VOILES ET BRICKS.

Noms.	Canons.	Station.
L'Andromaque,	20	Sébastopol.
La Calypso,	20	—
Le Pylade,	20	—
Le Ptolémée,	20	—
Le Néarque,	20	—
Le Thésée,	20	—
L'Enée,	20	—
L'Adrienne,	20	—
Le Mercure,	20	—

Total..... 180 canons sur 9 bâtiments.

Plus 25 goëlettes, yachts et transports; et une flottille de canonnières montées par des Cosaques, dont 30 chaloupes pour la mer d'Azof et 15 pour le Danube.

VAPEURS A AUBES.

Noms.	Canons.	Force de chevaux.
Le Vladimir,	6	400
Le Gromonosetz,	6	400
La Bessarabie,	6	260
La Crimée,	3	250
L'Odessa,	3	260
La Chersonèse,	3	250
Le Mogoutski,	3	150
Le Maladets,	3	120
Le Boëtz,	3	150
Le Grosnii,	3	120
La Severnaia Svesda,	3	120
L'Argonaute,	3	44
La Colchide,	3	120
L'Elborouz,	3	260

Total..... 51 7,304 sur 14 steamers.

Plus un grand nombre de petits vapeurs en fer de la force de 50 à 100 chevaux et deux ou trois remorqueurs sur le Danube.

Si l'on s'en rapportait à l'imposante énumération de ces forces navales, on croirait la Russie invincible sur mer : mais, comme pour tout ce qui se fait en Russie, l'apparence est trompeuse, et la réalité est bien loin d'y répondre ; ces bâtiments de guerre, éblouissants au premier coup d'œil, ne supportent que difficilement un examen sérieux et approfondi. Le gouvernement a eu beau prodiguer les millions et ordonner l'achat de tout ce que les forêts pouvaient donner de meilleur, tous ses efforts sont venus échouer contre l'avidité et la corruption de ses employés. Les malversations ont dominé dans les arsenaux maritimes plus encore que partout ailleurs, et les vaisseaux sont en général construits avec des matériaux sans valeur ; aussi sont-ils peu capables de résister au choc de l'ennemi et de tenir longtemps contre l'action de la mer.

Si l'on ajoute à cela que cette *armada* à l'aspect si formidable est montée par des matelots peu habiles et commandée par des officiers sans expérience, qui pour la plupart appartiennent à des nations étrangères à la Russie, on demeurera convaincu que cette flotte, dont on nous a fait si longtemps un épouvantail, est une espèce de trompe-l'œil qui sent si bien elle-même son infériorité relative, qu'elle a toujours fui honteusement devant la bataille tant de fois présentée par les flottes combinées des deux puissances occidentales.

Il ne nous reste plus à parler de la Crimée qu'au point de vue de son commerce, et à ce sujet nous croyons qu'il ne sera point hors de propos de fournir quelques détails sur la mer qui en baignant les côtes de ce pays lui donne à la fois sa valeur commerciale et son importance militaire.

La mer Noire, sur laquelle ouvrent les principaux ports de la péninsule, a été longtemps une des moins connues du monde; les fréquentes tempêtes qui agitent ses flots, et la barbarie des peuples qui habitaient son littoral, empêchèrent longtemps les Grecs de la fréquenter. Les fabuleux Argonautes furent, si l'on en croit la tradition, les premiers Hellènes qui sillonnèrent cette mer avec les proues de leurs navires, à l'époque où ils allèrent à la conquête de la toison d'or sur les côtes de la Colchide, aujourd'hui la Mingrélie et l'Imérétie. Par cette forme antinomique qui leur était particulière, les Grecs, qui avaient appelé les furies Euménides, nommèrent cette mer Pont-Euxène (mer hospitalière), d'où à la suite des Romains nous avons fait Pont-Euxin, sous lequel elle est encore désignée parfois.

A une époque moins reculée que l'expédition de Jason, les Grecs nouèrent quelques relations de commerce avec les habitants des bords de la mer Noire; mais ces rapports ne furent jamais très-considérables, malgré l'établissement de plusieurs de leurs colonies sur ces côtes. Les Romains ayant conquis la Grèce et l'Asie, s'emparèrent également du commerce de la mer Noire, mais sans l'étendre plus que n'avaient fait les Grecs, et les relations des peuples occiden-

taux avec ces contrées ne se nouèrent d'une manière suivie qu'à l'époque des croisades, lorsque les Latins se furent emparés de Constantinople. Alors les Vénitiens, les Pisans et principalement les Génois y apparurent comme guerriers et comme commerçants. Ces derniers surtout y trouvèrent pour leur commerce des avantages d'autant plus grands, que par suite de la conquête de l'Egypte par les Arabes le commerce de l'Inde avait été déplacé. L'absence de rapports entre les chrétiens et ces nouveaux conquérants ne permettant pas le transport des produits de l'Inde par l'ancienne terre des Pharaons, il fallut leur ouvrir une route nouvelle pour les répandre en Europe : elles y arrivaient tantôt par l'Indus et par la mer Caspienne, où des caravanes venaient les chercher à dos de chameau pour les transporter par terre à travers la Géorgie et la Mingrélie ; tantôt traversant l'océan Indien, elles pénétraient dans le golfe Persique, remontaient le Tigre ou l'Euphrate et arrivaient de la sorte à Trébizonde, où les Vénitiens et les Génois allaient les chercher sur leurs navires.

Nous avons dit, dans l'historique de la Crimée, les discordes que l'importance de ce commerce occasionna entre ces deux nations, et nous avons vu également comment les Génois, demeurés pendant un temps les seuls maîtres de cette mer, fondèrent sur les côtes de Crimée une colonie qui fut longtemps le centre des relations les plus importantes avec l'Orient. Mais le dernier Constantin ayant perdu la vie sur les remparts de Byzance et Mahomet II ayant détruit l'empire d'Orient, l'expulsion des Génois de la Crimée fut la suite presque immédiate de cet événement important. Avec la puissance des Génois fut anéanti le commerce des Occidentaux dans la mer Noire. Plusieurs causes contribuèrent à cet état de choses : d'abord les sultans fermèrent, par les Dardanelles et le Bosphore, l'entrée de cette mer aux chrétiens ; d'un autre côté, la découverte de la boussole, la nouvelle route des Indes tracée par Vasco de Gama, un monde tout entier donné à l'Europe par le génie d'un Génois, portèrent vers d'autres rives l'activité des chrétiens. Aussi, trois siècles étendirent leurs ténèbres sur cette partie du monde, et suffirent pour faire perdre toutes les notions nautiques et commerciales qu'avaient acquises sur ces contrées dans le moyen âge les républiques italiennes. Pierre le Grand fut le premier qui songea, après un si long oubli, à profiter des avantages immenses qui pourraient résulter pour lui de quelques ports sur cette mer. Azof fut conquis ; mais la paix désastreuse que le fondateur de la Russie fut obligé de subir sur les bords du Pruth le força d'abandonner ses projets, et il mourut avant d'avoir eu le temps de les reprendre. Ce fut Catherine II qui eut la gloire d'exécuter le plan tracé par son devancier et qui imposa aux sultans, dans le traité de Kaïnardji, l'obligation de rouvrir la mer Noire au commerce étranger, sous la seule condition d'obtenir la permission de passer les détroits qui en ferment l'entrée.

Au surplus, le traité de Kaïnardji ne devait guère bénéficier qu'à la seule Russie ; et sous cette apparence libérale qui admettait toutes les nations au commerce de la mer Noire l'astucieuse souveraine cachait son dessein de faire de cette mer un lac russe, et se réservait de s'en arroger le monopole par la triple fondation d'un port de commerce à Odessa et de deux ports militaires à Nicolaëff et Sébastopol.

Cependant, malgré tout l'avantage que les Russes auraient pu tirer pour le commerce de la position favorable de la Crimée, leur préoccupation constante n'ayant cessé d'être tournée vers la construction d'une marine guerrière, ils n'ont accordé qu'une attention très-secondaire au commerce de la péninsule, qui est demeuré par suite dans un état peu satisfaisant. Plusieurs raisons, indépendamment de celles que nous venons de signaler, se sont jusqu'à présent opposées à l'accroissement de ce commerce. Parmi ces causes, il faut signaler surtout le défaut de population, le peu d'industrie des habitants et la petite quantité de grains que le mauvais état de la culture permet d'y récolter. Les principaux articles qui s'enlèvent pour l'étranger sont le sel et les grains ; le reste consiste en cuir, soude, beurre, caviar, poissons secs et fumés, feutre, miel, cire et vin. L'exportation de la Crimée dans la Russie consiste à peu près dans les mêmes articles, auxquels il faut ajouter la laine, les peaux de mouton et plusieurs espèces de fruits.

On importe principalement en Crimée des cotons en bourre, des étoffes de coton et de soie dans le goût des Orientaux, des vins de l'Archipel, du sucre, du café et autres denrées coloniales.

Ici se termine la tâche que nous nous étions imposée en entreprenant cette rapide esquisse de la Crimée. Nous avons dit sa position, son climat, ses ressources, le caractère de ses habitants, ainsi que leurs habitudes et leurs mœurs. Nous avons successivement passé en revue les différents conquérants qui ont tour à tour pesé sur cette contrée, et nous avons conduit l'histoire jusqu'au jour où une épopée nouvelle vient, en s'accomplissant dans ce pays, mettre encore une fois en présence la barbarie du Nord et la civilisation de l'Occident. C'est assez pour nous d'avoir pu décrire le théâtre où va se dérouler le grand drame dont les premières péripéties nous sont à peine connues, et nous laissons à d'autres plus habiles le soin d'introduire les personnages sur la scène et de raconter des événements dont l'issue est encore dans la main de Dieu.

FIN DE L'HISTOIRE DE LA CRIMÉE.

TABLE DES MATIÈRES.

Famille tartare en voyage.

Paris. Typographie Plon frères, rue Garancière, 8.